花瓶

Huaping

困倚危楼　著

九州出版社
JIUZHOUPRESS

图书在版编目（CIP）数据

花瓶 / 困倚危楼著. — 北京 : 九州出版社，2023.10
ISBN 978-7-5225-2103-9

Ⅰ. ①花… Ⅱ. ①困… Ⅲ. ①长篇小说－中国－当代
Ⅳ. ① I247.5

中国国家版本馆 CIP 数据核字（2023）第 159634 号

花瓶
HUAPING

作　　者　困倚危楼
责任编辑　赵恒丹
出版发行　九州出版社
地　　址　北京市西城区阜外大街甲 35 号（100037）
发行电话　(010)68992190/3/5/6
网　　址　www.jiuzhoupress.com
电子信箱　jiuzhou@jiuzhoupress.com
印　　刷　北京盛通印刷股份有限公司
版　　次　2023 年 10 月第 1 版
印　　次　2023 年 10 月第 1 次印刷
开　　本　880mm×1250mm　1/32
印　　张　7
字　　数　200 千字
书　　号　ISBN 978-7-5225-2103-9
定　　价　39.80 元

目录 • CONTENTS

像剧本里写的那样，
他就这样悄无声息地、执迷不悟地，
等了一辈子

01

第一章

哗啦——

顾言在冰凉的水中浸得太久，浮出水面时只觉阵阵晕眩，连导演喊“卡”的声音都变得异常遥远，模模糊糊的，听起来不真切。

新助理小陈捧了块大毛巾冲过来，一边裹住他湿漉漉的身体，一边兴奋地嚷道：“言哥，何导说这一条过了。”

那声音太过响亮，震得人耳膜疼。

顾言眯了眯眼睛，轻轻“嗯”一声，嗓子里带了些轻微的鼻音。他一头黑发早被打湿，水珠子顺着白皙脸颊滚落下来，在摄影棚灯光的照耀下，整张面孔亮晶晶的似会发光，美得惊心动魄。

其实顾言的相貌并不女气，但是眼眸乌黑、鼻梁笔挺，精致五官组合在一起，生生只有漂亮二字可以形容。

美色当前，谁人不爱？

连导演都忘了他先前的糟糕演技，忙叫人将他从水里拉了上来，并恰如其分地安抚几句。

顾言一贯地沉默寡言，确定自己今日的戏份已经拍完后，同导演打了个招呼，裹着大毛巾朝休息室走去。

小陈急忙跟了上去，哇啦哇啦地说个不停：“言哥，何导刚才的脸色可真难看，我还当他会发火呢……不过你在水里待了这么久，不会生病吧？回去最好泡个热水澡，否则……”

顾言并不理会他的聒噪，慢条斯理地换了衣服，边擦头发边收拾东西，还顺手拿起桌上的娱乐杂志看了几眼。

现今的杂志为了销量，八卦越编越离谱，上期说某男星有个念高中的私生子，这期则说某女星最近频频出镜、颇受追捧，疑似是经纪公司高层的新欢。绘声绘色的描述，再配上几张模糊不清的偷拍照片，还真像那么回事。

顾言把杂志扔回原处，对小陈道：“我一会儿还有事情，要先走一步，你自己回公司吧。”

“是是是。”

小陈虽然啰唆，但好在乖巧听话，仍是一路跟在顾言后面走。

快到门口的时候，顾言突然脚步一顿。

小陈差点撞上他的背，忙问：“言哥，怎么啦？”

“手机……忘在休息室了。”仅是杂志上的几句风言风语，竟让他分了神。

艺人的手机可不能随便乱丢，不等顾言指示，小陈便自告奋勇地喊：“我去拿！”

话没说完，人已经急匆匆地往回跑了。

到了地方一看，只见休息室的门虚掩着，里头传来断断续续的说话声。声音有男有女，小陈认出其中一个是剧里的配角，前不久还在跟顾言配戏，陪着他 NG（重拍）了十几次的。

“……还说是大明星呢，没想到演技这么烂，也亏得何导修养好，没有当场掀桌子。”

“哈哈，你不知道他是出了名的花瓶吗？不论什么角色，演出来都是一个调调，可人家背后有人撑腰，部部戏都演主角。”

“不过是那张脸好看罢了。”

“嗤，或许人家有后台？”

接下来便是一阵哄笑。

虽然没有指名道姓，但傻子也晓得这是在说谁。

小陈年纪还轻，当助理的时间又短，不曾遇上过这样的事，登时僵在了门口，不知该进该退。正手足无措间，忽然有一只手越过他的肩膀，轻轻推开了休息室的门。

里头的人像被掐住了喉咙，笑声一下就断了。

顾言抱着手臂站在门边，头发仍是微湿的，问：“手机呢？”

小陈呆呆地答：“还、还没拿。”

顾言点点头，无视众人的尴尬表情，径直走进去拿起了自己的手机，而后环顾四周，英俊脸孔上浮现一丝笑容：“不打扰了，各位继续。”

说罢，大大方方地拉了小陈离开。

风度好得无懈可击。

小陈过了好久才回过神，惴惴地问：“言哥，你、你不生气？”

“气什么？”顾言想了一想，像是终于想起来似的，道：“你是指他们夸我脸长得好看这段？嗯，我也觉得用词太朴素了，至少该加两三个形容词的。”

小陈顿时无语，眼见顾言神色如常，实在吃不准这算不算个冷笑话，不敢再出声了。

顾言今天没有开车，只站在大门口打了个电话，过不多久，就有一辆黑色轿车缓缓从路口转了过来。车子停稳后，司机走下来开了后座的门。

顾言朝小陈挥一挥手，弯身坐进了车里。

从小陈的角度望过去，恰好看见车内早已坐了一个男人。那人西装领带，衣冠楚楚，面容在昏暗的车内有些模糊。

“砰！”

车门一关，车子扬长而去。

冷若冰霜的顾言正在微笑。

秦致远私下也会约他出来讨论工作上的事。

“头发怎么弄湿了？”秦致远的目光掠过顾言的额角，落在他乌黑的头发上。

顾言放松身体，闭上眼睛道：“刚拍完在浴室自杀的那场戏。”

“累了吗？我先送你回家。”

“不用，难得你今天有空。”

“我明天休假。”秦致远低笑，说：“今晚可以跟你吃饭。”

顾言睁开眼睛望了望他，问：“大老板不用日理万机吗？”

“刚从国外回来，总要倒一倒时差。”

秦致远吩咐司机调转车头，问他晚饭想吃什么。

顾言靠在车里磨了磨牙，想着想着，真有些困倦起来。

他今天的戏份不算多，但同一场戏来来回回拍了十几次，又在冷水里浸了半天，确实折腾得够呛。所以这边秦致远还在说话，他那边已经哈欠连连，迷迷糊糊地做起梦来。

梦里又在拍戏。

简简单单的一句台词，不知怎么就是记不起来，导演气得要命，狠狠把剧本摔在他脸上。

啪！

顾言心一揪，猛地清醒过来，这才发现车子早就停住不动了，窗外的天色也已黑了，暗沉沉的辨不出时间。

秦致远很有耐心，问道："晚饭吃些什么？"

顾言仅是漫不经心地说一句："听说你新交了女朋友。"

"听说？"秦致远眼神一顿，表情毫无破绽，"听谁说的？"

顾言轻轻吐出某女星的名字。

秦致远不禁失笑："八卦杂志上的东西你也信？我是跟唐安娜小姐吃过几次饭，但完全是为了工作需要。"

"这么说来，她不是你的女友？"

秦致远答得很有技巧："如果是，我哪有时间？"

这是他的一贯作风，顾言心里明白，问到这一步就够了。

秦致远慷慨大方，让他名利双收，所以他更该时刻谨记自己的身份，好好为秦致远工作。该笑的时候就笑，该装傻的时候就装傻。

顾言越想越好笑，忍不住真的笑出来。

秦致远问："你在拍的那部戏快杀青了吧？后面还有什么工作安排？"

"一部古装剧，我演冷面杀手。"不用太多表情，所以相当适合他。

"赵辛最近在筹拍新电影，我看过本子了，写得有点意思，虽然不够商业，但说不定能拿奖，你要不要试试？"

顾言想也不想地说："不演。"

"这么大牌？"秦致远没有生气，"因为老赵上次骂你像块木头，所以生气了？”

真奇怪，他是暴君吗？

怎么人人都以为他动不动就发怒？

“赵导实话实说，我怎么会气？不过我是只演主角的，你觉得赵导会同意？”

秦致远记起赵辛上次暴跳如雷的样子，心想确实不太可能，便说：“那就算了，先吃饭吧。”

因为时间已经晚了，俩人就在附近随便找了家馆子吃饭。秦致远家远，第二天需早起工作时，秦致远偶尔会在顾言家借宿。吃过晚饭后，秦致远跟着顾言回了住处。

顾言第二天下午才有工作，但他在车里睡过一觉后，现在怎么也睡不着了，折腾一阵后，抬头看看墙上的挂钟，已经凌晨三点了。他于是披了衣服起身下床，到客厅里倒水喝。

“嗡——”

回房的时候，手机的振动铃声响起来。

顾言最怕半夜接电话，基本上没什么好事，但还是认命地寻声走去，看到的却是秦致远落在客厅的手机。

来电显示写着唐安娜三个字。

不是女友，那就是半夜打电话过来的……红颜知己？再一看未接来电，十几通电话，全部是唐小姐的名字。

顾言望一眼窗外漆黑的夜，静静等着手机屏幕上的光黯淡下去，然后若无其事地将手机一放，走回房间掀了被子重新躺回床上。

秦致远是被一阵食物的香气弄醒的。

他看了看已经亮起来的天色，取过床边的衣服穿上，梳洗过后到客厅一看，并不见顾言叫的外卖，却听见厨房里传来忙碌的声响。

秦致远走到门边站定，看着顾言来来回回的身影，略微有些惊讶。

顾言轻易不进厨房。

他从小立志要当大厨，厨艺比演技不知好了多少倍，后来梦想不成，就再也不肯下厨了。按他自己的说法是因为懒，但似乎也可理解为触景伤情。

他厨艺荒废得久了，但仍旧纯熟，没花多少工夫，就鼓捣出一桌子菜来。都是些家常菜，色香味自不必说，最要紧的是那一碗绿莹莹的汤面。汤底是用鸡汤熬的，放了蘑菇片和火腿片吊鲜，散发着浓浓的葱香味。拿筷子一撩，却是一根面条也不见，净是掐头去尾的碧绿葱管，要一口咬下去，才知面条全塞在葱管里，吃起来唇齿留香、回味无穷。

秦致远坐下来尝了几筷，只觉得鲜美无比，不由得问："今天怎么做了这个？"

顾言也拿起了筷子，道："上次吃过后念念不忘，就自己学来做了，正好让你帮我试试味道。"

上次是跟秦致远一起吃的。去外地拍摄时，在一家饭店里点的这碗面，秦致远当时就觉得好吃，一顿饭下来总共赞了两次。

就这么一个小细节，他记得一清二楚。

秦致远心里一动，道："味道确实好，就恐怕太费时间。"

简简单单的一碗面，汤底却是新熬的，面条更要一根一根塞进葱管里，既费心又费力，显见下足了功夫。

顾言带着鼻音"嗯"一声，半点声色不露。

要讨好大老板可不容易，不花心思怎么行？简直比在片场挨骂还累人。他尽管做不到干一行爱一行，多少也该敬点业。

好在秦致远很给面子，把一碗面吃得干干净净，末了还略带惋惜地说："可惜少有机会尝到你的手艺。"

顾言抬头微笑，还没开口说话，就听手机又震动起来。

秦致远刚才把手机放在桌边，现在转头去看，一下就看见那位唐小姐的名字。

顾言则瞄也不瞄一眼，只当没有听见。他维持着嘴角边的笑容，眨一眨眼睛，道："绝招若是常常使出来，那就没有意思了。"

秦致远琢磨一下话中的含义，玩味地望他几眼，也跟着笑起来。

又是一通未接来电。

手机屏幕上的光暗下去时，秦致远温和地问："你下午还要拍戏吧？我送你。"

02 第二章

半个月后，巧笑倩兮的唐安娜小姐在电视节目中澄清了她跟秦致远的绯闻，顺便宣传了一下即将发行的新专辑，充分证明先前的八卦只是一场炒作。

顾言说："没什么技术含量。"

秦致远听了这话便笑起来，道："只要有销量就够了，管什么技术含量？"

顾言笑问："所以你为了销量，不惜牺牲美色？"

"纯粹是工作需要。"秦致远还是那个官方回答，整了整领带，又是一副斯文模样，"我晚上有个饭局。"

顾言摆一摆手，说："您慢走。"

顾言继续看电视。他主演的剧前几天刚杀青，新剧又还没开机，这几天都闲在家里犯懒。直到中午才接了经纪人的电话，说是前段时间谈的那个代言有些眉目了，叫他周末过去试镜，挂电话前，还特地提到秦总出了不少力，请厂商吃了好几顿饭云云。

顾言便明白过来，这是秦致远的功劳。

他说过的，秦致远一直这么大方。

顾言习惯性地勾起嘴角，随即想到秦老板又不在这里，根本用不着假笑。

他如果不笑，那就只有一种表情，板着脸看了一下午的电视，到了晚上的时候，才想起应该跟秦致远道谢的。若他饭局已经散了，又能赶得过来的话，当然还有另一种更直接的感谢方法。

电话打过去，等了好久才有人接，却不是秦致远的声音。

“喂，哪位？”很干净的男嗓，声线不高不低，是令人心旷神怡的那种动听。

要是声如其人，顾言心想，样貌肯定不差。

这么一晃神，电话那头又连问了好几遍。

顾言忙打个哈哈，说：“秦总现在是不是不方便听电话？”

“是啊，你怎么知道……”

“没事，我拨错号码了。”

顾言不慌不忙地挂了电话，把手机一扔，独自在黑暗中坐了片刻，然后按下遥控器，像什么事都没发生过一样，继续看他的电视。

秦致远隔了两天之后，才约顾言一道吃了午饭。他绝口不提那天的电话，顾言当然也不闻不问不想。

周末的时候，顾言按计划去试了镜。

其实是早就敲定好的，只要去走个过场就成了。顾言换了几套风格不同的衣服，在镜头前摆了几个POSE（姿势），因为不需要什么演技，所以完成得很顺利。

空下来补妆时，小陈跑进跑出地给他递水，啰唆的毛病一点没改：“言哥，听说厂商很满意你的外形，这次看来十拿九稳了。这个牌子的衣服虽然名气不大，但设计方面很有新意，又符合言哥你的气质，我看……”

“Jacky！”

正说着，小陈的长篇大论突然被一道女声打断，跟顾言搭档的女模特踩着高跟鞋奔向门口，扑进一个西装革履的年轻男子怀中。

“我就知道你今天会来！”

“这里是公众场合，注意影响。”男子不耐烦地后退一步，语调冷冷的，带着浑然天成的骄傲，“什么时候收工？我带你去兜风。”

“快了快了，还有最后一组照片要拍。”

他们说话没有避着人，热爱八卦的小陈探头探脑了一阵，回来捅捅顾言的胳膊，小声说：“言哥，是秦总的弟弟。”

顾言愣了一下，抬头，隔着玻璃望过去，确实是秦峰没错。他比顾言还小一岁，个子高高瘦瘦的，眉眼生得很俊，但性格傲得要命，从来都是拿眼角瞅人的，一副被宠坏了样子。

跟温文尔雅的秦致远截然不同。

顾言每次见到他，都要感叹一下基因的神奇。

偏偏秦峰对他很感兴趣，两人的视线一触，他就丢下身边那个身材很好的小模特，大步走过来跟顾言打招呼。

顾言出于礼貌，只好朝他点了点头：“秦先生，好久不见。”

“在工作？”

“嗯，快结束了。”

“晚上一起吃饭吧。”

顾言瞧瞧不远处的小模特，问：“不会打扰到秦先生跟女朋友约会吗？”

“只是普通朋友。”秦峰眼睛也不眨一下。

这套说辞倒是跟他哥一模一样。

顾言觉得好笑，但还是拒绝了：“不好意思，我今晚没空。”

“那就明晚。”

“我每天都忙得很，秦先生恐怕需要预约。”

秦峰的脸色顿时变得难看起来。

顾言装着没有看见，恰好摄影师喊他去拍照，就敷衍地说了声抱歉，起身走开。他刚迈开步子，秦峰嘲讽的嗓音就在身后响起来：“我哥最近忙着别人的事。”

顾言脚步一顿，说：“如果你指的是唐小姐……”

“唐安娜只是个幌子。真正知情的，都知道我哥在捧一个刚出道的新人。我哥为防他被记者骚扰，还故意抛出唐安娜这枚烟幕弹。”

顾言沉默不语。

秦峰上前几步，伸手搭住他的肩膀，又甩出新的诱饵：“我哥这几天常去‘夜歌’吃饭，我今晚也打算过去，不知你有没有兴趣？”

夜歌是家会员制的私人会所，的确是秦致远常去的地方。

顾言想了一想，估计秦峰这番话里有七成是真、三成是假，于是在心中默念一、二、三，数到最后一个数时，脸上已有笑容，转头道：“当然。”

边说边侧了侧身，不着痕迹地避开秦峰的手，道：“我先去拍照。”

秦峰抱了手臂在旁边等着。小模特知道他临时改了约会，一开始当然不依，但秦峰只皱皱眉头，就吓得她不敢出声了。

收工时恰好已是傍晚。

顾言交代了小陈几句，跟着秦峰上了他的新跑车。车子好虽好，可惜正遇上下班的高峰期，在市区根本跑不动，一路上堵了好几回。

秦峰是大少爷脾气，稍有点不顺心的事，就全数写在脸上，直等到了目的地，面色才好看一些。

夜歌的侍者都是跟他相熟的，一见他进门就笑着迎了上来，带两人进了预约好的包厢。这家的菜色中规中矩，并没有特别新鲜的，胜在精致可爱，都是拿小碟子一盘一盘装着，看得人胃口大开。

顾言基本上吃得多说得少，从头到尾没提秦致远的名字。

秦峰时不时停下筷子来看他几眼，忍了又忍，最后没有忍住，问："你不想知道关于我哥的事？"

顾言挑一下眉，反问道："我是来跟秦先生吃饭的，跟秦总有什么关系？"

秦峰自讨没趣，被他这么噎了一下，隔了半天才闷闷地说："若他带着那个新人来了，会有人通知我的。"

顾言点点头，说："这里的菜做得不错。"

秦峰原本是打算激他的，谁知他完全不为所动，自己反而没机会下手了，只好叫人来开了几瓶洋酒，变着花样让顾言喝，一副我就是要灌醉你的态度。

顾言不是能言善道的人，对秦峰敬的酒毫不推辞，每次都很爽快地喝了下去。

秦峰当然也喝了不少。他酒量一般，有点醉意时，就低头玩自己的打火机，啪嗒啪嗒地开了阖，阖了又开。直到外头响起敲门声，他才猛地抬起头。

咚、咚、咚。

那声音只响了三次，接着就悄无声息了。

顾言猜想这就是所谓的"通知"，但还是一句话也没有问，等着秦峰先开口。

秦峰果然忍不住，朝门外望了几眼，突然说："你长得好看多了。"

顾言一点也不谦虚，马上就道了谢。

秦峰便凑得更近些，带着酒气道："我哥就是这德性，你何必忠心耿耿地为他工作？"

顾言叹了口气，自言自语道："娱乐圈就是这样。"

秦峰没听清他说什么，只是说："我可比我哥强多了，你要是愿意来我手底下做事，我一样能捧红你。"

"好啊，等我跟秦总的合约到期了，一定第一个考虑你。"

"你……"秦峰没喝酒时就容易生气，现在酒劲上来了，更是一点就着，"你别给脸不要脸！不过是个小明星罢了，有什么了不起的？"

说着，狠狠抓住了顾言的手腕。

浓烈的酒味直冲上来，顾言又想叹气了。

秦少爷看起来人模人样的，怎么一言不合就动手呢？

他的右手被秦峰抓着，只好动了动左手，抓过一旁的酒瓶，"咣当"一声砸在了桌上。

秦峰的酒醒了大半，定睛一看，顾言正摇着半截酒瓶子冲他笑，锋利的碎玻璃反射着冰冷的光芒。

他不禁往后退了退，但背后就是墙壁了，顾言手中的酒瓶子越靠越近，在他脸颊边比画来比画去的，看得人心惊肉跳。

秦峰很想挣扎，但刚喝了酒，手脚根本不听使唤，只能叫道："你干什么？"

"秦少爷不是想让我跟着你混吗？我先跟你熟悉熟悉啊。"

秦峰只觉浑身发冷，眼看顾言手中的酒瓶子慢慢往下移，慌忙喊道："你别乱来！你再敢动一动，我就喊人了！"

“喊什么？”顾言好笑地问，“打劫吗？”

秦峰怒瞪着他，努力摆出凶狠的表情，身体却在发抖。

顾言便“啧”一声，道：“原来秦少爷这么玩不起。”

他随手把碎酒瓶扔了，仔细整理好秦峰被压皱的西装，轻轻地说：“学着点。”

秦峰气得出不了声，脸色忽红忽白的，相当精彩。

顾言后悔没拿个相机来拍照留念。他酒喝得不少，这会儿也有点头晕了，撑着桌子站起身，一步步朝门口走去。

房门不知何时开了条缝，顾言一开门，就撞见站在外头的秦致远。秦老板西装笔挺，头发一丝不乱，像是刚从会议室里走出来似的，脸上永远挂着温和的笑容。

顾言早料到他会来，但还是问：“什么时候来的？”

“不算太晚，正好看见你是怎么欺负我弟弟的。”秦致远答得很平静，一点不像生气的样子。

顾言偏着头靠在门边，问：“秦总要不要也试试？”

“你喝醉了。”

“嗯，所以才敢借酒行凶。”

说到最后几个字时，人已经往前倒了过去。

秦致远顺手扶住他，道：“是不是腿软了？去我那边坐坐吧。”

顾言就是为此而来的，这时偏偏以退为进，问：“会不会不方便？”

秦致远说：“明知故问。”

说罢，跟走出门来的秦峰说了几句话。

顾言的酒劲这时候才上来，没听清他们说了些什么，只是秦峰临走的时候，恶狠狠地瞪了他几眼。他表情那么凶，眼睛却有点红红的，像只小兔子似的，害得顾言哈哈大笑。

笑完了才发现自己正被秦致远拖着走。

他脚下轻飘飘的，一下下都像踩在棉花里，直走到走廊的另一头，才见秦致远推开了其中的某扇门。这房间比秦峰订的大了一倍，右手边有一张台球桌，左手边的桌子上放了茶盘，紫砂茶壶里泡着铁观音。

而秦峰嘴里的那个新人，正窝在沙发上看剧本。

那是个年纪很轻的男孩子，眼睛黑黑亮亮的，穿一件低领T恤，露出黑发下若隐若现的白皙颈子，有种介于少年与青年的独特气质。他原本是半躺着的，一见有人进来，就立刻像小学生似的端正坐好，大眼睛眨巴两下，很可爱的样子。

秦致远走过去拍了拍那个男孩子的肩膀，很随意地介绍道：“这是张奇，公司最近在推的新人。他胆子太小了，我带他出来见见世面，你以后也多关照着他点。”

说罢，又指了指顾言，对那男孩子道：“大明星，应该不用我多说了吧？”

那男孩子点点头，马上站了起来，快步走到顾言跟前，乖巧地叫一声：“言哥。”

顾言对他有点印象，记得是以偶像歌手的身份出道的，据说嗓子不错，外形又清秀，很讨一些小女生的欢心。

“言哥，我能不能跟你握一下手？”他一双大眼睛望着顾言，小心翼翼地说：“我看过你演的电影，我、我是你的粉丝。”

顾言没兴趣追究这句话的真假，只是打量了他几眼，发现他笑起来的时候，会微微歪一下头，露出颊边的一个小酒窝。

这一定是他的招牌动作。就跟顾言练习过无数次的假笑一样，他很清楚怎样把最光鲜的一面展露人前。

年纪还这么轻，但已经有些气势了。

顾言于是同他握了握手。

张奇显得很高兴，有点小兴奋又有点小局促，最后还是秦致远把他抓回了沙发上，说：“坐着聊。”

顾言只好也走过去坐下了。

他稍微有点后悔，早知道会变成座谈会，就不该来走这一趟的。没办法，秦老板总能想出花样来折腾他的神经。

张奇很会来事儿，马上帮他倒了茶，又缠着他问一些演戏方面的事。

顾言怎么答得出来？他根本没演技，天生当花瓶的料，演来演去就只有那么几种表情，被导演骂的经验倒是一大堆。

秦致远看出他的不耐烦，便开口解释道：“这小子刚接了部戏，正到处讨教呢，你别理他。”

张奇忙道：“只是演个小配角而已。”

秦致远伸手拍了拍他的头：“总有你演主角的时候。”

张奇的眼睛立刻亮起来，眼角眉梢都是笑意，真是神采飞扬。

顾言看得腻味，在旁边连连打哈欠。不过听那两人聊天，倒是知道了张奇的年纪果然很小，才刚过二十而已。难怪眼神这么亮。

想到这里，顾言抬手按了按眼角，发觉自己果然是老了。

再过两年就三十了，绝对拼不过这些二十来岁的男孩子，要想保住现在的地位，看来要多下点功夫，好好磨炼下业务水平。

他这么琢磨着，朝秦致远望过去。

不料秦致远也正看着他，狭长的眼睛里含着笑意，一边跟张奇聊天，一边往他茶杯里添了些水。

还真是八面玲珑。

三人就这么聊了一个晚上。无聊得顾言直打瞌睡，张奇更是干脆靠在沙发上睡着了——他连入睡的姿势也好看，那么毫无防备的睡颜，脸庞清秀白皙，长长的睫毛像蝴蝶翅膀似的颤啊颤。

顾言喝多了酒，这时有点上头，身体一歪，正压在张奇的腿上，发现张奇的身体动了动。

哈，这小子原来在装睡。

顾言觉得好玩，就对秦致远说："你先送小张回家吧。"

其实他就算不说，也肯定是这样的安排，总不能让新人露宿街头吧？反正已失了先机，他现在不表现得温柔大方点，什么时候表现？

秦致远问："你怎么回去？"

"打车啊。"

"好，"秦致远点点头，掏出手机来说，"我叫司机送他回去，我跟你一起打车。"

顾言愣了下，有些惊讶。

但大老板说一不二，谁敢质疑他的决定？

无论秦致远说什么，顾言一律千依百顺。只是临走的时候，看了眼还在装睡的张奇，颇可惜他费的那点心思。

晚上打车还算容易，路上也不堵车，没过多久就到了。秦致远家离得远，偶尔也会像这样在顾言家过夜。

但这晚顾言睡不着。

他像许多个失眠的夜晚那样，起来拉开窗子，又扭亮床头的灯，看那些飞蛾循着火光扑过来，一次一次地撞向灯罩。

看得正开心的时候，秦致远走过来问："怎么又在看这个了？"

顾言头也不回地答："好玩。"

"睡觉。"秦致远强行关了灯。

顾言没有抗议。

即使在黑暗中，他也想象得出飞蛾是如何奋不顾身地扑进火焰中的。

滋滋滋……

他仿佛听见了烈焰焚身的声响。

顾言安静地躺在床上，慢慢闭上了眼睛，觉得这声音真是动听。

03

第三章

几天后新剧开机，顾言得了一个意外的惊喜。

张奇眨着那双大眼睛，笑眯眯地在化妆室里跟他打招呼："言哥，前几天多谢你的照顾。难得有机会跟你一起拍戏，我真是太开心了。"

顾言"嗯"了一声，心里虽然惊讶，嘴上却没说什么，很寻常地寒暄了几句。回头化妆的时候，才从小陈那里打听到，张奇得了个男配的角色，在剧中演女主角的弟弟。他戏份不是很重，演的是涉世未深的富家公子，会害羞会脸红，演起来难度不大，而且还挺讨人喜欢。

张奇出道不久，演这个角色既不显得突兀，又能积累人气，倒是十分合适。

只不过……怎么偏偏跟他凑在一起？

顾言回想起那天晚上的对话，秦致远确实提过拍戏的事，处处都有伏笔可循，只怪他太过漫不经心，一点也没察觉。

这次是演配角，下次就换成主角了。

他自己不也一样？

以前到处当龙套，不知演过多少次名副其实的花瓶，挨骂挨到耳朵起茧，后来有秦致远捧他，马上升级当主角。从此后人人都知道，他顾言绝不演男配。

难怪那么多人前赴后继，像飞蛾一般扑向秦致远这团火光。竞争比当演员还激烈，他又没比别人多出三头六臂，不用点心怎么行？

顾言望了望镜中依旧英俊的面容，深刻反省了一下自己近期的懒散态度，之后拍宣传照时，笑容比平常灿烂许多。

张奇站在角落的位置，露出脸颊边的小小酒窝，同样笑得乖巧无害。

明争暗斗。

顾言搞不明白秦致远为什么做这样的安排，难道是想看他跟张奇打一架？

他这么想着，晚上跟秦致远吃饭的时候，就装着不经意地提了提张奇也在剧组的事。

秦致远比他更清楚整件事的来龙去脉，这时却摆出一副公事公办的态度，道："我是听说他接了个古装剧，没想到是跟你一起的。不过也好，他还是个什么都不懂的新人，你正好带带他。"

"演技我不行，拍马屁的功力倒还可以。"顾言眨了眨眼睛，"秦总希望我教他哪一样？"

秦致远笑着骂道："胡说八道。"

"难道我猜错了吗？我以为张奇什么都好，就是不会说话，所以你才让他跟我学一学。"

秦致远摇了摇头，无奈道："就你牙尖嘴利，行了吧？"

正说着话，他的电话就响了起来。不是平常的振动铃声，而是一首调子很慢的情歌。

顾言冲着他直笑："果然是大忙人。"

秦致远拿出手机来看一眼，随手扔在桌子上，道："不必理会。"

顾言没去看手机上的来电显示，愉快地用完了这顿晚餐。

第二天到片场的时候，张奇依然一口一个言哥叫得亲热。拍戏的间歇也总缠着他，问这个问那个，好像特别崇拜他似的。剧组的其他人看在眼里，只当张奇是他的小粉丝，两人的关系特别好。

中午吃盒饭的时候，张奇也硬是凑过来跟顾言坐一起。顾言不怎么搭理他，他也不在意，一个人轻轻地哼起了歌。

顾言听了那歌声，心里不禁一跳。

那是首调子极缓的情歌，带着点古典戏剧的味道，依稀想起昨夜才在哪里听过。他平平静静地听张奇唱完了，等到小陈买水回来，才随口问了问。

小陈真不愧是八卦王，马上点头说："听过听过，是张奇出道时的主打歌，虽然不是特别红，好歹上了几个排行榜，还算有点名气。其实他嗓子很普通，就是脸长得清纯，天真无邪的样子，很受女粉丝欢迎。"

顾言扯了扯嘴角，喃喃道："很好听的歌，的确适合当手机铃声。"

小陈八卦得正起劲，问："言哥，你说什么？"

"没事，我在背台词。"

他摆了摆手，低头去看剧本，恍然间看到一句话，低声地念了出来。

天真的人更残忍，多情的人最无情。

这是整部戏演到高潮处，男主角跟女主角决裂时说的一句话。

顾言演的男主角是个冷面杀手，遇上离家出走的官府千金后，渐渐由无情变得深情，虽然经历了种种背叛与阴谋，最终还是跟心上人携手归隐了。当然，期间还夹杂了江湖恩怨、皇室情仇等老套剧情，总之狗血得要命。

顾言原本只随手翻了翻剧本，见了这句话才觉得有点意思，趁着下午比较空，认真揣摩了一下几场重头戏。

张奇戏份不多，空闲时仍旧爱绕着他打转，动不动就哼哼那首情歌，颊边酒窝隐现，一副心情很好的样子。

做得太过明显了。

顾言心知肚明，知道张奇是有意炫耀，但要比谁更沉得住气，他又怎么会输？不但敷衍得极有礼貌，临收工的时候，还特别送了对方一个微笑。

这世上有没有天下无敌的诀窍？

当然有。就是无论输上多少次，都要保持心平气和、身心愉悦，只要活得比人家久，最后赢的总归是你。

所以顾言晚上回家后，先舒舒服服地吃了饭泡了澡，接着才开电脑上网，把张奇的歌搜来听了一遍。小陈说得没错，张奇的唱功普普通通，听来听去只有那首主打的情歌比较出挑。那歌的歌名叫《慢半拍》，主要是曲子选得好，带点古典味道，唱起来缠绵悱恻，正好烘托出歌手嗓音的特质。

顾言听得有些上瘾，天天放这歌。

秦致远或许是忙着两头跑，见到他的次数明显减少了许多，偶尔还是有联系，大家都在忙工作。

秦致远有天突然打电话过来，问他晚上有没有空。

顾言当然说有空，正好最近拍戏不忙，他便提早回家做准备。

晚上秦致远过来时，一开门就听见音响里在放张奇唱的那首歌，悠扬缠绵的曲子在房间里一遍遍回响，格外动人心弦。

可惜秦致远无心欣赏，只是皱了皱眉，叫道：“顾言？”

无人应声。

秦致远四处找了一遍，客厅没人，厨房没人，连卧室也没人，最后推开书房的门，才看见了顾言。

穿一身水红色戏服的顾言。

书房重新布置过一番了，昏暗的光线下，只见顾言的衣襟上绣着一枝灼灼盛放的桃花，云鬓花颜，面若芙渠。

秦致远怔了一瞬，半晌才道：“衣服是怎么回事？”

“过几天要试镜一个角色。”顾言道，“我自己练了几天，总觉得没什么把握，所以想请秦总帮我把把关。”

“演的什么角色？”

“唱戏的。”

“行，”秦致远也有几分入戏了，手指敲了敲掌心，道，“唱一出西厢记来听听。”

顾言失笑：“不能点戏。”

“这么大牌？”

顾言扬了扬下巴：“一贯如此。”

秦致远便做了一个“请”的手势。

顾言这才微微一笑。

张奇那首歌的副歌部分，改编自一段古典戏曲，顾言就将原曲找了出来，又请了一位戏曲师父来，狠狠练了几天，虽然没有学到精髓，但也颇具神形了。他此时水袖一展，真如登上了高台，婉转吟唱起来。

而台下的秦致远听着听着，不觉有些出神。

几天后试镜角色，顾言果然选上了。他心情大好，依旧哼哼着张奇那首歌，还下到了手机里当铃声。

后来秦致远约顾言在外面吃饭，听见他换了这个铃声后，神色微微一变，道："你好像很喜欢这首歌。"

"嗯，挺好听的。"

顾言答得简洁，绝口不提张奇的名字。

秦致远便也没说什么，只是问："最近工作怎么样？这么热的天，恐怕很辛苦吧。"

九月份暑气未消，要穿着厚重的古装、带着闷热的头套在片场拍戏，的确不算轻松。好在顾言身体底子不错，在剧组又很受照顾，没有吃什么苦头。

顾言照实跟秦致远说了。

秦致远十分温和地望着他，道："我后天下午正好有空，要不要去探你的班？"

这是要慰劳他的意思吗？

顾言念头一转，随即想到后天要拍他跟张奇的对手戏。秦致远身为公司大老板，对他们两人的行程肯定了如指掌，他选这个时机去探班，是打算一次慰劳两个吗？

顾言觉得秦致远太不上道，自己都这么敬业了，他却如此偷懒。

可是没办法，谁叫人家是老板呢？

他只好维持笑容，乖乖谢恩。

秦致远第三天下午早早到了片场，很大方地请剧组众人吃冰。

张奇显然提前知道他会来，模样乖巧地走过来打招呼，一双乌黑的大眼睛直盯着他看。可惜秦致远要营造他的完美形象，在人前礼貌周到，无论对谁都一视同仁。

张奇被他用公事化的口吻赞了几句，顾言倒是见怪不怪，朝他点一点头，自顾自地回角落里背台词。

秦致远跟导演也是相熟的，寒暄一阵后，又走到顾言身边来，装模作样地看他的剧本。

“探班的任务已经完成了，大老板还不回去工作？”

“反正今天有空。”

顾言瞥了张奇一眼，问：“不怕别人议论吗？”

秦致远笑笑地反问：“谁？”

呀，演技比他更好。

顾言自认不是对手，只好继续背他的台词。

没过多久，就轮到拍他跟张奇的对手戏了。这是场文戏，内容也算简单，就是张奇演的富家公子跑来找他理论，两人一言不合大吵起来，顾言挥掌推了他一把，又拔剑斩掉了桌子的一个角。

导演给两人说了戏，还让他们大致排演一遍，等到真正开拍时，基本上都很顺利。

张奇涨红了脸大吵大嚷，把富家子弟的骄纵表现得很到位，同时却也不失单纯可爱。顾言则是台词很少，多数只要冷笑或冷哼就行了，最后再做出不耐烦的表情，伸手把张奇推开——

“砰！”

按照剧本上写的，张奇这时候应该踉跄着倒退两步，生气地瞪大眼睛。但他的眼睛虽然睁大了，身体却仿佛受了大力的冲击，一下子失去平衡，重重跌倒在地上。

顾言顿时怔住了。

他刚才确实推了张奇一把，但似乎……没用这么大的力气吧？

“好疼……”张奇试着站了站，但没站起来，一边伸手去摸自己的脚踝，一边出声叫痛。

导演立刻喊了卡。

工作人员纷纷围了上来。

“怎么回事？”

“摔伤了吗？”

“是不是扭到脚了？”

片场出点小意外很正常。

顾言很快就回过神来，走过去扶张奇的胳膊。

张奇瑟缩一下，有意无意地避开了他的手，对七嘴八舌围上来的人解释道：“没事没事，就是脚有点疼，歇一会儿就好了。刚才是我自己没站稳，不关言哥的事……”

当然有关。

刚才多少双眼睛都看见了，是顾言推了一把后，他才摔倒在地上的。至于这一推用了几分力气，只有当事人自己知道。

顾言默默地收回手，觉得指尖有点冷。

张奇倔强地又想站起来，结果还是不成，脱下鞋袜来一看，脚踝还真有点肿。他双眼水汪汪的，泪珠子已在打转了，只是强忍着没掉下来。

“快拿医药箱过来！”

“不知有没有伤到骨头，我看还是送医院吧。”

现场闹成这样，秦致远当然不能置身事外，因此也走上前来，按了按张奇的肩膀，在适当的时候说一句：“我送他去医院。”

张奇连连摇头，一个劲地说：“一点小伤而已，不用这么麻烦，我还能接着拍戏。”

说完，再次试着站起身，脚刚落地，就疼得直抽气。

他眨了眨眼睛，泪水终于落下来，顺着那张可爱的脸孔往下淌，真是楚楚可怜。但从顾言的位置望过去，刚好可看见他微微翘起的嘴角。

04 第四章

这表情一闪即逝，很快就被张奇掩饰了过去，若不是顾言眼尖，还真以为是自己看错了。

果然不是省油的灯。

秦峰当初那么讨厌他，也算有点眼光。就是他戏演得过了头，看着比较假，这么老套的手段使出来，简直没有任何新意。

不过，说不定老板就是觉得这样的孩子不错。

顾言在旁边站得脚酸，干脆找个地方坐下来，专心致志地看戏。

秦致远似察觉到了他的视线，抬头看他一眼，眸子黑沉沉的，意义不明地笑了笑。

顾言眼皮直跳。

这是他即将失去后台的先兆吗？

当然不可能花开不败、长盛不衰，但是输在张奇这新人手上，似乎有点窝囊。

张奇顺顺利利地演完了受伤戏码，最后如愿以偿，被秦致远开车送去了医院。顾言这才站起来整整衣服，让化妆师给补了个妆，继续等着拍下面的戏。

工作人员收拾片场的时候，难免有人嘀咕几句："哪有这么容易就摔倒的？真的只是没站稳？"

有些听到过风言风语的人，便忍不住朝顾言望一望。

顾言一律回以微笑。

其实假笑也不容易，要笑得亲切自然毫不做作，相当考验功力。他总共也只这一点拿得出手的演技，当然要充分利用。

晚上什么约会也没有，他回家后照旧哼哼张奇那首情歌。

第二天去片场，张奇竟一大早就到了。据说他的脚有点扭伤，按理是应该休息几天的，但他怕拖慢剧组的进度，执意要来上工。也对，伤筋动骨要一百天呢，张奇天天早晚有人接送，不知多么得意，不来炫耀怎么成？

反倒是秦致远的心思更难猜。已经两个星期没见到他了，反而是经纪人先打电话过来，叫他去参加一个庆功宴。赵辛赵大导演拍的一部文艺片在国外拿了奖，他们公司作为投资方，理所当然要表示一下。顾言靠着秦致远的关系，以前演过赵导的一部戏，所以也被邀请参加了。

顾言反正闲着没事，就抽空修了修头发，挑一件白西装穿着去了。

庆功宴是自助餐形式的，地点选在高级酒店的最顶层，透过落地玻璃能看清这个城市的迷人夜景，水晶吊灯闪烁着五彩光芒，衣香鬓影，纸醉金迷。

顾言抬眼看过去，还真有不少熟人，只好一路走一路打招呼，然后再去跟被一群人围着的赵辛道贺。

赵辛衣着随意，性格随意，连长相都很随意，唯一能激起他热情的东西大概就是拍戏了。不过他不爱拍狗血商业片，就喜欢整那些小清新的文艺片，叫好却不叫座，要不是有秦致远这个老同学出钱出力地帮忙，很多片子还真拍不起来。

顾言以前差点演砸过赵辛的电影，所以赵辛一见着他，就摆出副如临大敌的表情，好像生怕噩梦重温，又见到那糟糕的演技。

这样真性情的人也挺有趣。

顾言对他颇有好感，说恭喜时笑得比平常真挚许多，衬得那容貌愈发英俊。

偏偏赵辛毫不领情，一副急于摆脱他的样子。

顾言暗暗好笑。

秦致远就在此时挽着女伴走进门来。那女伴是艳光四射的唐安娜，她穿一袭黑丝绒晚礼服，如云长发在脑后盘了个髻，颈间的钻石项链熠熠生辉。她的长相算不上特别美丽，但眼睛里那种自信的神采，把一众大大小小的女星都比了下去。

即使如此，顾言第一眼看见的仍是温文尔雅的秦致远。

他随即就转开目光，取了杯酒默默地退到角落里。

唐安娜最近风头正盛，专辑大卖、片约不断，也难怪秦致远会带她一起出席。

顾言一边喝酒一边想，那张奇不能来凑热闹，恐怕失望得要命吧？刚想笑一笑，就见唐安娜袅袅娜娜地朝他走了过来。

他们两人同在一个公司，并不算太陌生，说话时便省掉了许多客套，唐安娜开口就问："怎么不去跳支舞？"

顾言挤挤眼睛，一本正经地答："若请得动唐小姐这样的美女当舞伴，就算跳断腿我也愿意。"

唐安娜听得笑起来："不介意我抽根烟吧？"

"请便。"

唐安娜从烟盒里敲出烟来，姿态优雅地点燃了，极缓极慢地吸一口，半眯着眼睛的模样很有风情。

顾言最欣赏这种女性，他要不是明星，理想型肯定会选唐安娜这样的。

唐安娜见他盯着自己看，便摇了摇手中的烟盒，问："也来一根？"

"不用，我不抽烟。"

唐安娜了然地点点头。

唐安娜打量他几眼，道："难怪秦致远对你这么上心，条条路都帮你铺好了。"

"怎么比得上唐小姐你？没有人搭桥铺路，依然大红大紫，风光无限。"

女人都爱听恭维话，唐安娜也不例外。她笑着抽完那支烟时，秦致远远远地看见他们两人，朝他们举一举酒杯，大步走了过来。

唐安娜便结束了这个话题，转而谈一些风花雪月、坊间八卦。等秦致远过来后，三人互相说笑几句，唐安娜很快就借故走开了。

顾言跟秦致远碰了碰杯子，亮出早就准备好的开场白："好久不见。"

"只隔了半个月而已，也算很久吗？"

顾言摇摇头，非常严肃地说："错了，是整整四十五年。"

秦致远的好奇心被勾起来，问："怎么来的四十五年？"

"一日不见如隔三秋，一天就是三年，十五天不正是四十五年？"

秦致远说不过他，只好避重就轻地叹道："算术不错。"

接着又问："你刚才跟唐安娜聊些什么？"

"我想请唐小姐跳一支舞，可惜没有成功。"

"嗯，她最近的身体状况不适合跳舞，她……"

“嗡——”

话说到一半，秦致远的手机铃声就响起来。他朝顾言做个手势，掏出手机来按下通话键，边讲电话边走出了嘈杂的会场。

顾言端着酒杯在附近闲晃，等了快二十分钟，才见秦致远重新走进来。他以为他会回来继续刚才的话题，结果秦致远致只是靠着墙壁立定了，微微松开颈上的领带，有些疲倦地揉了揉眉心。

疲倦？

他不久前还春风满面，只是接了个电话，就累成这样？

这时有人起哄说要赵辛上台发表获奖感言。赵辛盛情难却，只得上去说了两句，他本来就是不善言辞的人，才说几句就词穷了，又急着叫秦致远救场。秦致远吸一口气，动手整理好西装，打起精神上了台。

顾言认真听完他说的每一句话。

从头到尾，一共出现三次错误，两次是忘词走神，一次是咬错了字音。像今天这种场合，秦致远肯定早有准备，处处要求完美的他，怎么会不断出错？他一贯把自己隐藏得太深，很少有泄露真实情绪的时候。

顾言缓缓抬起头，盯住房顶上绚烂的水晶灯看了一会儿，然后勾动嘴角，趁着众人热烈鼓掌的时候，悄悄溜出了大厅。

秦致远从台上下来时，正好看见顾言离开的背影。

他本来还有几句话要说，但实在累得很了，便没有开口叫住顾言。喝了几杯酒后，更觉得太阳穴一抽一抽的，额角隐隐作痛。反正这庆功宴也没他什么事了，秦致远想了想，干脆学顾言的样子提前离场。

夜晚的秋风略微带着凉意。

秦致远被风一吹，头疼得更加厉害了，见车子在门前等着，便拉开后座的门坐进去，挥了挥手说：“回家。”

然后在汽车的发动声中闭上眼睛。

街上冷冷清清的，只有路边的霓虹灯还闪烁着光芒。秦致远闭目养神，恍恍惚惚的，好像睡了一觉，醒来时车子已经停住了，他抬头朝窗外一看，却不是自家门口。

“怎么回事？半路抛锚了吗？”

车里没有开灯，暗沉沉的只能看见驾驶座上的模糊人影，而平常有问必答的司机竟然没有应声。秦致远终于发觉不对劲了，他今晚精神不济，很多细节都没注意，刚刚上车的时候……好像没看清司机的脸？

正想着，那人已经转过了头来，笑说：“秦老板的警觉心这么差，当心被人绑架。”

“怎么是你？”秦致远放松紧绷的神经，抬手按住眉心，问，“老王呢？”

老王是他的司机，跟顾言也挺熟的。

“我骗他说秦总今晚心情特别好，打算载我去外面兜风，结果他就把钥匙给我了。”顾言晃了晃手中的车钥匙，道，“坏事都是我干的，他也是受害者。”

秦致远当然不会计较这个，只是说：“你又在玩什么花样？”

顾言双手捂住胸口，念出他前不久刚背过的台词：“不行吗？”

“眼神太僵硬了，还有得练。”秦致远看一眼窗外闪烁的灯光，问，“这里是什么地方？”

“酒吧街。”

“嗯？”

顾言伸手指了指秦致远紧皱的双眉，道：“你看起来就是一副想大醉一场的样子。”

秦致远被他看穿了心事，却丝毫也不动气，脸色虽然比平常苍白一些，但笑容仍旧是无懈可击的："我不喝酒。"

"是是是，不抽烟、不喝酒……"顾言扳着手指一样样地数过去，"秦老板真是新好男人的典范。"

说着说着，冷不防地问一句："为什么心情不好？"

秦致远先是一怔，接着微笑起来，反问道："何以见得？"

"从你接了电话之后就变得不对劲了，跟那通电话有关对不对？"顾言知道他不会回答，所以问完之后，马上就说，"让我猜猜看，你是不是生意失败，很快就要破产了？"

秦致远面色如常。

"你的体检报告出来了，医生发现你身患绝症，没几个月好活了？"

秦致远无动于衷。

"你得罪了人，对方要置你于死地？"

秦致远神情自若。

"你被人戴了绿帽子……"

秦致远哭笑不得，终于败给了顾言丰富的想象力，开口说道："我今晚确实心情很差。"

顾言等的就是这句话，立刻收起玩闹的心态，追问道："然后呢？"

秦致远的黑发一丝不乱，衬衫纽扣直扣到领子最上面的那一颗，唯有眉宇间略微透出些疲倦，语气平静地说："我只想一个人休息会儿，过了今晚就没事了。"

过了今晚，他又会戴上完美的假面具，又是别人眼中彬彬有礼、斯文温和的秦致远。

他卸下心防的时机，可能只有这么短短一瞬。

顾言直盯住秦致远看。

秦致远避开了他的目光，问："已经如你所愿独处过了，可以让我回家了吧？"

老板已经发话了，他若是够识相的话，就该乖乖送秦致远回家。要是再进一步，无疑就是越界了，继续下去可能会有两种结果：一是惹恼了秦致远，明天就被叫去解约，二是成为秦致远的知心人。

只看他有没有胆子赌一赌。

顾言连想都没想，转身就发动了车子。

秦致远安静地坐在车中，明知顾言开错了路，没有驶往他家的方向，依然没有生气，只是问："要去哪里？"

"到了就知道了。"

顾言开车很稳，最后在市郊的海塘边停了下来。已是深夜，四周寂静无人，只有风呼呼地吹个不停，隐约能听到哗哗的水声。

秦致远叹了口气，道："太老套了。"

"电视剧里都这么演的，秦总不肯去买醉，就只好来看海了。现在这个时间，正好能赶上夜潮。"

顾言边说边下了车，又走过去给秦致远开了车门。

秦致远双手交叠着放在腿上，姿势很好看，可就是不肯动。

啊，果然在赌气了。

顾言道："怎么啦？我不像一些新人那样会撒娇会掉眼泪，所以秦总不肯卖我面子？"

秦致远忍不住笑出来。

溶溶月色下，冰凉的夜风拂面而来，混着些湿冷的海水味。

秦致远突然说："不觉得他跟以前的你很像吗？"

“谁？”

“张奇啊。”

顾言茫然了好一会儿才回过神。

他跟张奇哪里像了？从头到脚，唯一的相似之处大概只有性别而已。

偏偏秦致远说得很像一回事，仿佛沉浸在回忆中似的，柔声说：“你刚满二十的时候，也是那么副模样，眼睛黑黑的，总是不声不响不爱说话。不过张奇比你聪明懂事，你但凡有他一半的听话，早有人拉你一把了，也不至于吃这么多苦头。”

顾言只爱往前看，不爱忆往昔，但秦致远既然提了，他就稍微回想一下，莞尔道：“那些苦也不是白吃的。”

谁没有一些过去呢？

他难道天生就铜皮铁骨、刀枪不入？正是因为那些过去，才成就现在的顾言。正因为从前吃过太多的苦，如今才更应该活得潇洒自在。

秦致远见他简简单单一句话，轻描淡写地带了过去，就没有多说什么，只继续谈起在宴会上被打断的话题：“唐安娜怀孕了。”

“什么？”

“孩子的父亲是谁，暂时需要保密，不过肯定不是我。就像我上次说的，我跟她只有工作关系。”

“唐安娜……”顾言总算明白了他的意思，问，“这是在讲八卦吗？”

秦致远答得模棱两可：“随你怎么想。”

他压低了嗓音，对秦致远道：“我并不是非问出你的心事不可。”

“嗯。”

天快亮起来时，秦致远带顾言去了自己位于市中心的公寓。

寸土寸金的黄金地段，十八层，透过落地玻璃窗能看见楼下川流不息的车辆。顾言以前去过几次，装修得真是豪华精致，但一点人气也没有，冷冰冰的就像酒店套房似的。他敢打赌，秦致远肯定缺乏家庭温暖。

进屋之后，秦致远把两个人的手机都关了，说："一晚上没睡觉，现在该休息了。"

顾言连忙叫起来："我下午还有工作……"

"不就是拍个封面照吗？让经纪人给你改时间。"

"好歹要请个假。"

"好，我帮你请。"

秦致远走到阳台上打了几个电话，估计连他自己的假也一块儿请了，回来给顾言热了杯牛奶，指了指客房说："喝完了就去睡吧。"

顾言却道："我陪你吹了一晚上的冷风，你不该陪我聊会儿天吗？"

"……行。"

秦致远应是应了，却一直默不作声，只看着顾言喝那杯牛奶。

当杯子快要见底时，他才低声说了一句："那通电话是我妈打来的。"

顾言还在喝牛奶，只能"啊"了一声表示自己的惊讶。

秦致远接着说："没什么大不了的事，不过是她跟秦峰的母亲又吵架了而已。"

这句话里的信息量可不小，顾言的脑子转了几个弯才反应过来。豪门八卦他听过不少，早知道秦致远跟秦峰不是一个妈生的，但流言众多，谁也不知道具体怎么回事。

顾言悄悄去看秦致远，却见他脸上没什么特别的表情，只是一副筋疲力尽的样子，说："我还有个妹妹在国外留学，她只比秦峰小了五个月。是不是很可笑？对一个人甜言蜜语的同时，还能跟另一个人海誓山盟。至于我妈……我从小就知道，她只把我当成讨好我父亲的工具而已。

我的喜怒哀乐，还比不上她跟秦峰的母亲争风吃醋重要。”

“所以你不相信……一个人会对另一个人付出真心？”

“当然不信。”

“你也不需要知己？”

“有什么必要？”秦致远笑着反问道，“只要花的钱够多，就能买到一堆人为我工作，知不知己有什么重要的？”

当然了，他也是其中之一。

顾言自嘲地想。

天气是真的转冷了，他坐在开了暖气的客厅里，还是觉得指尖冰凉。

秦致远没有再开口说话。

顾言抬头一看，发现他已经靠在沙发上睡着了。

05

第五章

顾言在冷风里吹了一夜，隔天就病倒了。感冒发烧嗓子疼，躺在秦致远家，连打个电话都有气无力的。

反观秦致远却是神采奕奕，下班回来时还帮顾言带了碗皮蛋瘦肉粥。

顾言一口一口地吃了，觉得自己总算活过来一些。没办法，秦致远家的冰箱华而不实，空荡荡的什么食材也没有，他就算想做菜也无法施展手艺，没有病死倒先饿死。

秦致远道："好像退烧了。"

顾言的鼻音比平常更重，含糊地应一声："明天早上有空的话，顺便送我回家吧。"

"这么快？你的病还没好，怎么不在这里多住会儿？"

"我已经连着请两天假了，明天再不去工作，恐怕导演会追杀我。"

秦致远也是以工作为重的人，点头道："要开工也可以，不过要看你明天的身体状况，如果 OK 的话，早上先跟我去公司签个合约。"

"什么合约？"

“忘了吗？”秦致远笑着睨他一眼，“上次叫你去试镜的那个服装代言，已经定下来了。”

顾言这才有点印象。

其实记不记得都无所谓，秦致远要给他的东西，总会帮他处理得妥妥当当。叫他试镜就试镜，叫他签约就签约，没什么好操心的。

所以顾言也没多问，这晚早早睡下了。第二天早上起来，精神果然好了大半，就是稍微还有些咳嗽。

秦致远不放心，又叫他多加了两件衣服，才载着他出了门。

顾言早上签完约，晚上回家又接到经纪人的电话，说是下半年的工作也安排得差不多了，有个著名导演计划拍部武侠电影，大制作，投资数目说出来让人咂舌，不用想也知道肯定卖座。

顾言依然是演男主角。

接下来的几天，顾言的病情一直反反复复，虽然不是很严重，但咳嗽总是断不了。

这天剧里的女主角过生日，分完蛋糕后又邀大家去夜店玩。顾言病还没好，原本是不想去的，但连个脸都不露的话，又怕被认为耍大牌，只好答应去坐一坐。

到了地方才觉得后悔。

震耳欲聋的音乐声听得他耳朵疼，混杂着烟味的空气让他咳嗽得更严重了，最要命的是，还在走廊撞见了秦峰。秦峰搂着那个叫莉莉的长腿模特，冷冰冰的俊颜依旧出色，不过一见着他就变了脸色，双眼恶狠狠地瞪过来，一副恨不得扑上来咬人的表情。

真有趣。

顾言要是精神好的话，肯定要趁机欺负他一下，可惜身体不适，只好点个头算打招呼了。

秦峰哼了一声，昂着头扬长而去，骄傲的样子一点没变。

顾言便跟着众人进了包房。

房间里的空气稍微好一些，可是一坐下就有人吵着要拼酒。顾言是男主角，被灌了好几杯，还有人起哄说要他跟女主角喝交杯酒。他来之前才吃了感冒药，现在酒精一下肚，只觉得天旋地转，站都站不稳。

众人见他脸色苍白，这才没继续闹他。也不知是谁叫服务生送了杯温水过来，顾言靠在沙发上喝了水，胃里总算舒服一些。他中途去了趟洗手间，觉得头晕得更厉害了，打算跟大伙打个招呼就先走，但是回到包房一看，里面却空荡荡的一个人也没有。

怎么回事？

都去外面跳舞了吗？

顾言慢吞吞地走回沙发边，感觉思维变得很奇怪，轻飘飘的，怎么也集中不了精神。这种怪异的感受似曾相识，就像、就像……

顾言看一眼桌上已经空了的水杯，一下子回想起来。

对了，就像吃下了某种致幻剂。

他最讨厌这个。

顾言脑子里乱糟糟的，许多场景在眼前跳来跳去，连灯光都变得迷离起来，忍不住又往沙发上靠。

他叹了叹气，大致猜到是怎么回事。

最近确实是太过春风得意了，也难怪有人看他不顺眼，变着法子来整他。能怪谁呢？只能怪他自己，警觉性这么低，料不到别人会玩这么老套的把戏。

顾言定了定神，努力平复呼吸，一边往门外走一边掏出手机来打电话，结果刚开门就撞上了一个人。

那人一把夺过他的手机扔在地上，然后大步走进来，随手锁上了门。顾言眯起眼睛，费了好大的劲才看清他的脸——英俊的、动人的脸孔。

啊，原来是秦峰。

这幼稚的手段倒是挺适合他的。

顾言不由得笑起来：“要爆我的绯闻的话，用不着特意用这种方法吧？”

他顿了顿，意有所指道：“还是说，秦少爷平常习惯了？”

秦峰一下就瞪大了眼睛，怒道：“你！”

他怒不可遏地推了顾言一把。

顾言本来就站得不稳，被他这么一推，顿时倒了下去。

他摔得不重，但是摔倒的位置很巧妙，正好压住了先前被秦峰扔在地上的手机，只要勾一勾手就能碰到。他装出摔疼了的样子，慢慢蜷起身体，手指一点一点地移到了手机上。

有不少电话可以拨。

警察的，经纪人的，或是助理小陈的。另外他手机上还有个快速拨号键，直接通往的那个人。

顾言闭了闭眼睛，摸索着按下手机按键。

这时秦峰也已经冷静下来，只是脸色阴阴的，十分难看，抬脚踢了他几下，咬牙切齿地说：“不识好歹！”

他伸手扯起顾言的头发，冷笑道：“我知道你是靠脸吃饭的，所以你尽管放心，我不会弄伤你这张脸的。”

这是打算揍他一顿出气？

顾言十分明白他的意思，但是已经没力气去管这个了。

他开始出现幻觉。身体轻飘飘的，像躺在云端，灯光变幻出迷离的色彩，各种熟悉的、不熟悉的景象接踵而来，整个人如同坠入一个光怪陆离的梦境。

这个梦的主角是秦致远。

没有英俊的脸孔，没有动人的声线，但是眼神十分温和。

顾言觉得身上懒洋洋的，忍不住对他笑。可惜梦中的秦致远脾气不好，狠狠往他肚子上踢了一脚。

顾言疼得缩起了身体。

“砰！”

就在此时，他听到了房门被人踹开的声音。他耳边嗡嗡地响，感觉那声音像是来自异空间，所以一开始并未放在心上，直到他身旁的“秦致远”被人狠狠打了一拳，再一脚踢了开去，他才发觉不对劲。

咦？

出什么事了？

顾言挣扎着想坐起来，但他忘了自己的手不能动，差点又滚到地上去，幸好有人及时扶住他。

“谢谢。”

顾言抬头就笑。

他今晚笑得特别多，但笑着笑着就皱起了眉，因为眼前又是一个秦致远。奇怪，他明明看见秦致远被人踢翻在地，直到现在还倒在角落里爬不起来，怎么突然变成两个了？

而且这个新来的秦致远很古怪，脸上一丝笑容也没有，漆黑的眼睛深不见底，薄薄的嘴唇紧抿着，像在竭力压抑着怒气。

如果秦致远会生气的话，大概就是这副样子。

可是温文尔雅的秦致远怎么会生气？绝对只是他的错觉。

顾言看见倒在地上的那个“秦致远”被两个保镖模样的人扶了起来，他刚被打了一拳，脸颊有点肿，两只眼睛红红的，正气呼呼瞪住自己。

顾言“啊”了一声，总算认出了这人是秦峰。他便靠在秦致远肩膀上笑：“你弟弟的眼睛都肿了，像只小兔子似的，哈哈哈……秦小白……”

他知道自己在胡言乱语，但就是控制不住地兴奋。

秦致远的眸子沉了沉，没有出声。

顾言又看见其中一个保镖走过来问：“老板，二少爷该怎么办？”

秦致远终于笑起来。

他平常也总是微笑，但今天的笑容有些不同，眼神仍旧是凉凉的，看得人心底发毛，很轻很轻地说：“送他回家。”

回过神的秦峰开始大吵大闹。不过这声音很快就被隔在了门外，看来这间包房的隔音还算不错。

秦致远仔细看了看顾言的脸，问：“吃错什么了？”

“嗯，差点要上头条了。”顾言稍微清醒了一些，勉强答道，“不过你来得挺快的。”

“还好你是跟剧组的人一起出来玩的，多打几个电话就能找对地方了。”至于过程，秦致远没有提，脱下了外套披在顾言身上。

顾言自然而然地裹紧那件衣服，这是多年来养成的习惯。第一次见面的时候，他的样子比现在更凄惨，因为太过倔强的关系，身上的新伤叠着旧伤。秦致远当时也是这么脱下外套扔给他，用那种温柔的语调对他说：“你先要学会怎么笑。”

后来他真的学会了。

他后来发现，其实秦致远对每个人都是这样温柔。

06 第六章

顾言这样想着，不由自主地露出微笑。

他对着镜子练习过无数次的、绝对无可挑剔的笑容。

秦致远瞧着他这模样，无奈道：“你今晚没人照顾不行。”

“是啊，秦峰给我找的那两个美女呢？”顾言左右张望了一下，问，“怎么还没过来？”

秦致远差点被他气笑了，说：“别等了，今晚先去我家吧。”

顾言就迷迷糊糊地跟着他走了。

冲过一个冷水澡后，药劲果然过去了，但顾言后半夜却发起了高烧，接下来在床上躺了一个多星期。

这是理所当然的，顾言知道副作用有多伤身，只是生场小病就该偷笑了。这次秦致远坚决不准他一个人待着，不但帮他向剧组请好了假，还找来看护给他打了两天点滴。

顾言乐得白吃白喝，一个星期过后，身体果然恢复了大半。

这期间，总是忙于工作的秦致远似乎空闲了许多，每天都过来，偶尔实在忙不过来，就拿了文件回来翻看。

好吧，顾言承认他这次遇险，确实跟秦致远脱不了关系。但是做到这个地步，好像有点过分了。

可惜每次提出抗议，秦致远都只是笑笑，说出那个官方答案："怎么能放着生病的人不管？"

真是新上司的完美形象。

顾言想到这里，不由得盯住秦致远看。

他的视线太明显，秦致远不得不从文件中抬起头来，问："在看什么？"

"我在想一个很严肃的问题。"

"嗯？"

顾言装出一副为难的表情，十分困扰地说："我在想……我该怎么报答你的救命之恩？"

秦致远失笑，认真想了想，说："我好久没尝过你做的菜了。"

秦致远一贯很赞赏顾言的手艺，但他不喜欢强人所难，只要顾言不主动下厨，他就从来不提。这次倒真是难得。

顾言好吃好喝地养了一个多星期，人都快胖了一圈，这点小事当然不会推辞，很爽快地点头道："OK，你先把冰箱填满了再说。"

过两天秦致远休假，一大早就开车去了趟超市，按照字面意义把他家的冰箱填满了。

顾言看得眼皮直跳。

一看就知道秦老板是从没下过厨的，完全不知道配菜，只把自己爱吃的一股脑儿买回来，全部做出来的话恐怕能凑出满汉全席。他考虑了一下自己的身体状况，打算只做几道简单的家常菜。

秦致远也怕他累，非常积极地提出在厨房帮忙。结果才转了两圈，顾言就怕他把厨房炸了，直接把人赶了出去。

顾言休息了这么久，稍微有点手生了，好在厨艺还没荒废，几道菜做出来，依旧是色香味俱佳。尤其是那道东坡肉，真是入口即化，连他自己尝了都啧啧赞叹。

菜上桌后，抬头一看墙上的挂钟，还真是花了不少时间。

秦致远早不知跑去哪里了，顾言到处看了看，最后才在书房里找到他。不过他没在看文件，而是把一些书籍杂物往一个纸箱子里放。

顾言敲了敲房门，问："在忙？"

"没有，只是在整理东西。"秦致远回头冲他笑笑，道，"我闻到饭菜的香味了，这边马上就好。"

顾言点点头，走进去一看，只见那箱子里堆着些笔记本和相册。他一时手痒，随手去翻最上头的那本相册。

秦致远眼神一动，突然抓住了他那只手。

顾言怔了怔，不知这算什么意思。秦致远继续整理剩下的东西，像是漫不经心似的，很随意地说一句："你搬过来吧。"

顾言一脸茫然。

秦致远解释道："你看看你，短短几个月里病了两次了，搬过来之后，也有个照料。"

顾言顿觉为难。其实他并不赞同秦致远的这个提议，现在搬过来，以后还要再搬出去，到时候难免觉得尴尬。

而他最不擅长演尴尬的表情。

顾言转了转眼睛，心中很快有了决定，却并不急着回应秦致远这句话，只是道："该吃饭了。"

秦致远点点头，随手把最后一本书扔进纸箱里。

这顿饭吃得还算惬意。秦致远毫不吝啬地赞扬了一番顾言的厨艺，吃完了还挽起袖子，自告奋勇地走进厨房洗碗。末了拿毛巾擦了擦胳膊上的水珠，意犹未尽地感慨道："晚上能吃糖醋鱼就好了。"

话说得这么刻意，一点不像他的作风。

顾言马上就回："要不要我提供外卖的电话？"

秦致远只是望着他笑。

顾言下午坐在阳台上看了会儿书，到了晚上的时候，到底还是做了秦致远指名的那道菜。没办法，反正材料已经在冰箱里了，总不能浪费。

以后几天也是一样，只要冰箱稍微空了一点，就会被某人神不知鬼不觉地填满，而顾言则毫无意外地成了掌勺人。他甚至怀疑自己踏入了圈套，秦致远该不会就想找个厨子吧？要他一个人打两份工，兼职费可是很高的。

顾言足足休息了半个月，直到实在不能继续偷懒了，才被秦致远恩准回剧组上工。拍摄进度当然因为他这男主角的缺席拖慢了不少，不过秦致远早就上下打点过了，一众同事见着他都是笑眯眯的，还非常热心地询问他的身体状况。

只有张奇比从前沉默许多，跟他打招呼时，脸上那种甜甜的笑容也不见了，休息时就一个人躲着背台词。

奇怪，这小子突然变老实了？

有八卦问小陈准没错。

顾言只稍微一提，小陈就滔滔不绝地说了下去："还能有什么事？不就是得罪了人呗。听说本来都快出新专辑了，结果被压了下去，错过了大好的宣传期，连原本要上的几个通告也都取消了。也不知他招惹了公司哪个大人物，我看八成要被雪藏了。"

顾言“唔”了一声，心里立刻有底了。

他那晚从夜店回来，并没有提自己是怎么被秦峰下套的，但秦致远只要想知道，就没有查不出的事。至于张奇在其中扮演什么角色，他也不想去追究了，照旧用从前的态度对他，安安分分地拍剩下的戏。

而秦致远比他更安分。

每天按时下班回家，吃过饭后，就在书房里看文件或在沙发上看电视，偶尔出一次门——嗯，也是去外头看演出。

这晚有个知名钢琴家的演奏会，秦致远早就买好了票子，晚上约顾言一起去了。现场的气氛很好，演奏也很精彩，散场的时候夜已深了，微凉的秋风吹过来，让人忍不住沉醉其中。

停车的地方有点远，他们便沿着冷清的街道慢慢往前走，这样的夜色，总是格外温柔。

顾言觉得应该说点什么话，想了半天，最后却说：“最近没见什么人给你打电话。”

“嗯，”秦致远神色不变，微笑道，“私人时间我一般不接工作上的电话。”

答得真好，干净利落。

顾言甘拜下风，闭了嘴不再出声。

又走一段路，前面有个街灯坏了，比其他地方更暗一些。两人经过时，秦致远故意停了停脚步，轻轻扯了顾言一把。

顾言被他吓了一跳，秦致远有些孩子气地说：“送你个东西玩。”

边说边翻开他的手，把某样东西塞了进去。

顾言低头一看，原来是枚车钥匙。

“怎么送我这个？”

"你现在搬来我家住了，到片场的路比以前远得多，我又不能天天送你，当然要换辆性能好点的车。"

这员工福利真好。

顾言暗暗地想，这又是对他哪项工作的报酬？他以前开的是经济实惠型的车，现在一看车钥匙上的标志，不由得在心里吹了声口哨。唉，改天开到片场去，恐怕又要招人嫉妒了。

不过也无所谓，在这个圈子里混，不招人羡才是失败。

顾言握紧手中的车钥匙，很得体地道了谢。

秦致远笑了笑，道："真要谢我的话，就老实回答我一个问题。"

顾言果然老老实实地问："什么问题？"

秦致远反而不急着说了，只是那么专注地望着他，微明微暗的夜色里，那双狭长的眼睛仿佛会笑。

顾言听见秦致远低声问："一个人到了我这样的年纪，才想着要做出改变，你说是不是已经迟了？"

改变？

顾言听得一愣，有点儿明白他的意思，又似乎有点糊涂了。

秦致远还在静静地等他回答。

顾言不得不开口说话。

"怎么会迟呢？有些像你一样的人，可能一辈子也这么过去了。"他想了想，似乎有点语无伦次，于是又强调一遍，"嗯，当然不会太迟。"

这一句是纯粹的真心话，并没有玩什么心机。

顾言猜不透他。

印象中秦致远总是温和自制的，难得有表露真实情绪的时候，可今晚的表现却大不相同。

他跟秦致远相识已久，光是得到他的信任就花了不少时间，到现在有两种可能，可能成为心腹，也可能前方横着万丈深渊，一下子摔得人粉身碎骨。

但顾言知道自己必定会往前走。

哪怕他算计再好，哪怕他耐心再足，只因不够果断，就永远输着秦致远一招。

顾言按了按额角，觉得有些倦了，回家后，很早就上床休息。可他晚上睡得并不安稳，半夜时被一场噩梦惊醒，具体的梦境已记不清了，只是背后凉凉的，渗着冷汗。

接下来就翻来覆去地再也睡不着了。

秦致远睡得也不熟，很快便被他吵醒了，走进来问："怎么回事？失眠了？"

"有一点，可能是晚上吃得太多了。"

秦致远低低地笑："外面的菜没有你做的好吃。"

顾言"嗯"了一声，应得理所当然，他只有在这件事上从不谦虚。

秦致远觉得有趣，本来还半睡半醒的，这会儿倒来了精神，道："睡不着的话，要不要出来我陪你聊天？"

顾言走出房间，在客厅坐下："聊什么？"

"唔，聊些关于你的事吧。你平常不爱出声，关于自己的事就提得更少了，偶尔也该多说说话。"

他很少提，只是因为某些人从来不问。

现在秦致远既然问了，顾言也没道理不说，他原本有很多话题可以说的，关于拍戏的，关于张奇的，最后却说了一句："我从小就喜欢做菜，总想着长大后要当大厨。"

“然后呢？”

“然后……就变成现在这副样子了。”顾言答得简洁明了，“该你了。”

“什么？”

“难道只有我一个人说吗？”

秦致远安静了一会儿，道：“我小时候特别恨我爸，最想做的一件事就是离家出走，另外我也很讨厌秦峰，想了很多捉弄他的恶作剧。结果我什么也没干成。”

他很轻很轻地叹一口气：“我当了三十几年的好儿子、好哥哥。”

“或许这就是你的本性。”

“错了，我只是没这个胆量而已。”秦致远低声叫他的名字，“顾言，顾言，我其实是个胆小鬼。”

顾言心里一跳。

就算秦致远不说，他也早就知道了。

他知道秦致远不敢轻易相信别人，所以他也把自己的心绪收藏妥帖，变得战无不胜、无所不能，只是为了与他并肩作战。

顾言张了张嘴，到底没有说出这番话来，只道：“没事的，无论什么时候想改变，都还来得及。”

秦致远没有再出声，似乎靠在沙发睡着了，顾言便回了自己的房间，结果两人都没睡好。

早上起来时，脸色一个赛一个难看。秦致远还好点，反正只是去公司上班。顾言到了片场却有好几场戏要拍，化妆师给他扑了厚厚的粉，才遮住那明显的黑眼圈。

幸好几场戏都算简单，其中一幕是他拿着女主角遗落的珠花，坐在亭子里思念心上人，中间再穿插几段回忆。这种感情戏最麻烦，要他顶着一张冰山脸扮痴情，演着演着就成了面无表情。

顾言听导演说完了戏，就坐在那里摆弄手中的珠花，按要求做出深情款款的表情。演到一半的时候，不知怎么突然想到了秦致远昨天说的那些话。

他嘴角微微弯起，然后猛地回过神来，惊觉自己刚才走神了。

而导演已经喊卡："不错不错，这条过了，接着准备下一场戏。"

工作人员陆续走过来搬道具，而顾言呆立原地，不太明白发生了什么事。刚才那场戏只拍一遍就过了，对演技糟糕的他来说，可谓十分难得了。可是，他究竟演了些什么？

趁着中间休息的空隙，顾言走过去跟导演一起看回放。镜头里的他穿一件黑色劲装，英俊的面孔显得有些冷峻，虽然翻看着手中的那朵珠花，视线却没什么焦点。看着看着，也不知他想到了什么，眼神一下变了。

"这地方正好可以插回忆。"导演满意地拍拍他的肩，"这次表现得不错，继续保持啊。"

顾言出不了声，抬手捏一捏脸颊，觉得头好像疼起来。他的演技什么时候变得炉火纯青了？真笑还是假笑……竟连他自己也分不清了。

顾言意识到自己最近太过懈怠了。

不行不行，应该好好调整一下情绪。

这么想着，下班时却接到导演的通知，说是拍摄进度已经过半了，下个月开始拍外景戏，地点选在邻市的风景区，计划要待上一个月左右。

顾言稍微烦恼了一下，跟秦致远一说，他也表示相当惋惜："看来我这一个月都只能靠泡面度日了。"

顾言听得笑笑："外面多的是好餐厅。"

秦致远拍拍他的手，道："还是你做的好吃。"

顾言竟答不上话。

秦致远又嚷嚷说想吃夜宵。

顾言最近做菜做上了瘾，手确实有些发痒，就去厨房弄了几只手工烧卖，皮子特别薄，猪肉馅里混了虾仁，蒸好后香气四溢。他装了盘端进书房时，秦致远正在翻看资料，不过并不是公司的文件，而是一些装修效果图。

顾言瞥了几眼，问："怎么？要装修房子？"

"嗯，不太喜欢现在的风格。"秦致远朝他招了招手，道，"给我些参考意见。"

"有什么特殊要求吗？"

秦致远拿起筷子，一边吃东西，一边认真想了想："最好就是……像个家的样子。"

顾言嗤一声笑出来："这形容太抽象了。"

秦致远抬起头看着他，道："别的都无所谓，不过厨房一定要重新装。最好是比现在大一倍，然后弄成开放式的，这样才摆得下那些厨具。"

说着，翻出某大牌产品的厨具系列给顾言看。

顾言一路看下去，全部都是欧式风格的，价格就不用说了，光是数量就多得惊人，他不会真的打算全部买齐吧？

"原来秦总是打算开家餐厅。"

"那你愿不愿意当大厨？"

这个提议真是太有诱惑力了，顾言根本无法开口拒绝。他于是含糊地答："先看看福利如何。"

装修计划就这么定了下来，卧室和书房基本不动，重点在客厅和厨房。施工队也已联系好了，打算在顾言出门后开工，等他回来时差不多能装好了。

出发那天，顾言一大早就要到指定地点集合，秦致远早早起来开车送他。

顾言一路上还得听秦致远不停唠叨：“快要入冬了，山里的天气更冷，记得多穿件衣服……一日三餐要按时吃，出了什么事情就打我电话……”

顾言统统点头答应。

第七章

A 市是以竹子出名的。

市郊的风景区有一大片竹海，风光秀丽，景色无双。秋天竹叶飘黄，看上去虽然略嫌萧索，但是别有一种静谧之美。尤其到了晚上，朦胧的月色穿过竹林，能听见风吹竹响的沙沙声。

顾言他们剧组的外景地就选在这个地方。

风景好归好，就是宾馆的条件稍微差了点，顾言算是最受照顾，分到了一间单人房。助理小陈跟化妆师挤一个房间，就住他隔壁，每天跑进跑出地围着他转，倒是相当勤快。

顾言拍文戏不太灵光，总是被骂表情僵硬，像个木头美人。但因为身体不错，演武戏还算可以，不少动作都做得很到位，再配上优美的竹林景致，拍出来的效果堪称惊艳。连导演都破天荒地夸了他几次，小陈更是吵着说好帅好帅，以后播了肯定迷死一片女粉丝。

顾言始终是那副态度，挨骂的时候一声不吭，被夸了也只是笑笑。晚上剧组的人约好去哪里哪里玩，他也很少参加，吃过晚饭就直接回宾馆房间休息了。

秦致远有时会打电话给他。

并没有聊什么特别的话题，就随便说说这一天做了些什么事，有时天南地北地聊上半个钟头，有时顾言收工回来都半夜了，可能只说上短短几句话，简简单单地道一声晚安。

这天顾言拍戏时受了点小伤。

是一场打戏，道具用的剑砍到竹子后又弹回来，正好撞在他胳膊上。伤得并不是很严重，甚至连血都没流，就是稍微肿了一点。顾言也没放在心上，揉了揉手臂后又继续演下面的戏，晚上回到宾馆才开始疼起来。

他自己去外面买了瓶药酒擦了，后来跟秦致远讲电话的时候，就随口提起了这件事。

秦致远马上叮嘱他道："工作再怎么拼命，也要注意身体。"

顾言觉得太小题大做了，道："这点伤对我来说，只是家常便饭。"

秦致远在电话那头静了一会儿，低沉嗓音比平常更加温和，说："那是以前。"

"嗯？"

"你现在有我罩着。"

秦致远率先道了晚安，等着他挂电话。顾言拿着手机躺进被窝里，不知不觉地睡了过去。

第二天醒来时，手机早没电了。顾言不知秦致远是什么时候睡的，心里觉得过意不去，充上电之后就急忙发一条短信给他。

秦致远没有回他的短信，但晚上仍旧打电话过来。

顾言刚洗完澡，一边擦头发一边跟他说话，聊了几句后，秦致远那边传来一些嘈杂的声响，然后就听他说："我快递了一样东西给你，现在差不多该到了，你出门去拿一下吧。”

“什么东西？太莫名其妙的我可不收。”他听说过有人快递咳嗽药水的趣事，但愿秦致远别千里迢迢地送他一瓶跌打药酒。

秦致远只是在电话那头笑。

顾言只好穿了件外套往外面走，但是一开门，他就完全呆住了。

秦致远站在门外——西装笔挺，风度翩翩，手里还握着跟他通话的手机，眼睛眨啊眨的，正偏着头冲他笑。

顾言记得前不久拍的一部电视剧里就有这样一场戏。但是真的临到自己头上，又是另外一回事了。

秦致远也不说话，就是大步走进门来，“砰”一声甩上房门，直接在顾言房间的沙发上坐下了，笑问：“怎么样？这个礼物能不能让大明星满意？”

顾言还回不过神，隔了好一会儿才确定并非梦境，怔怔望着秦致远的眼睛，问：“你怎么来了？”

秦致远没有答他，仅是反问道：“你昨天不是受伤了吗？伤在哪里？给我看看。”

顾言这才恍然大悟，撩开左手的袖子，给他看手臂上淡淡的淤青。这伤昨天还严重些，现在却已经消肿了，如果秦致远是为了这个才赶过来的，不知会不会大呼后悔？

不料秦致远还挺当一回事，把他拉到沙发边坐下了，就着灯光仔仔细细地看了看伤处，问：“擦过药了吗？”

顾言点点头，也问他道：“你自己开车过来的？”

“嗯。”

“明天一大早再回去？”虽然A市离得不远，但也要三四个小时的车程，来来去去并不方便。

“不用，”秦致远松了松领带，懒洋洋地靠在沙发上，道，“我休假了，会在这边多住几天。”

咦？

秦致远这么热爱工作的人，也会连休几天假？

顾言愣了一下，顿时明白过来：“你是为了工作才来的？究竟是什么样的大客户，要劳烦秦总亲自出马？”

“跟工作无关，我就是想来看看。”

他今天忙完了工作才开车赶过来，实在是累到了极点，没过多久就在沙发上沉沉入睡。

顾言第二天早早起床，拍戏时的状态倒是格外的好。

小陈趁着中午休息时凑过来跟他说话，笑嘻嘻地说：“言哥，你今天好像心情特别好。”

顾言当时正在喝水，差点被呛到。

下午收到秦致远发来的短信，简单罗列了一下他晚上想吃的菜色。这地方没有下厨的条件，顾言收工后就带了些外卖回去，打开房门一看，秦致远正悠闲地躺在床上看电视，哪里也没去，一整天都在房间里待着，连优美的竹海风光都没有看上一眼。

接下来几天都是如此。

又隔了两天，因为戏拍得很顺利，顾言回去的时间比平常早一些，老远就看见秦致远站在宾馆外面，跟他在一起的还有个老熟人——赵辛赵大导演。

顾言虽然觉得意外，但仍旧走上去打了声招呼。

赵辛向来有些怕他，只稍微闲聊了几句，就匆匆告辞离去了。

顾言眼睛尖，一眼便看见他左手无名指上戴着枚戒指，回房后就问秦致远道：“赵导怎么会在A市？”

“他来拍一部宣传片，我刚好遇见了，就跟他聊几句。”

“他已经订婚了？”记得上次的庆功宴时，赵辛左手上还空无一物。

“嗯，”秦致远道，“具体怎么回事，你明天晚上自己问他吧。”

“明晚？”

“我约了他一起吃饭。”

“你们老同学叙旧，拉上我干什么？”

秦致远笑说：“怎么能少了你这个最佳男主角？”

顾言怔了一怔，总算是明白他的意思了。原来秦致远念念不忘，要在赵辛的电影里让他做男主角。

“也不是非演赵导的戏不可。”

“我说过，这次的电影能拿奖。”秦致远的语气很笃定。

不过也是，赵辛的才华是有目共睹的，前不久又刚在国外得了奖，这次的剧本要是够好的话，确实大有潜力。

但是……

“赵导的要求这么高，能同意让我当主演？”上次差点演砸他一部戏，搞得赵辛现在见着他就躲。

“没事，我威胁他务必好好打磨你的演技，否则就别想拉到投资。”秦致远挑了挑眉，一副昏君模样。

顾言被逗得哈哈大笑。

他不再追问，笑完了就走到床边去看剧本。他明天有场重头戏要演，是整部剧的高潮部分，所以趁着时间还早，想多揣摩下人物情绪。

秦致远也靠过来跟着看了，伸手在剧本上指了指：“你念一段给我听听。”

顾言只当他是心血来潮，也没去想别的，照本宣科地读了下去。他的演技虽然一般，不过台词功底还算可以，剧本念得也顺畅，直到瞥见那一段话，才猛地顿住了。

那一句话，是男主角的内心独白，也是整部剧的重头戏。

顾言抬头一看，秦致远正似笑非笑地望着他，道：“怎么了？大明星也有吃螺丝的时候？”

真是半点声色不露。

他是真想听，还是随口开一个小玩笑？

顾言猜不透秦致远的心思，更拿捏不好该怎么回答，最后只得把剧本一扔，道：“先吃饭吧。”

秦致远毫无异议。

两人都表现得很平静，吃过晚饭后看了一会儿电视，接着各自睡下了。

但是顾言睡不着觉。他知道秦致远肯定也没睡，想了又想，在黑暗中翻了个身，闭着眼睛说：“你真的想听我念台词？”

秦致远答得很巧妙：“什么时候都可以，不是非要现在说。”

顾言深深地吸一口气，终于说：“明天来看我拍戏吧。”

秦致远“嗯”了一声。

第二天两人一前一后出了门。

顾言先跟剧组的人一起去了片场，隔了半个小时后，秦致远才开着车子过来探班。他躲在顾言房间里的那几天，也不知有没有被人发现，总之大家都没有说什么，见了他并没有特别惊讶，相熟的就招呼几句，不熟的则继续手头的工作。

倒是张奇远远地走了过来，眨着那双大眼睛，怯怯地叫一声“秦总”。

他最近变得成熟许多，天真甜蜜的表情中添了几分忧郁气质，看上去愈发讨人喜欢了。

秦致远略微皱了皱眉。只是随意敷衍了几句。

如此干净利落，看得顾言都想为他鼓掌叫好了。

不过手还没拍起来，就先被导演叫了过去。

今天这场戏相当重要，讲的是男主角和儿时一起长大的好友因为误会而发生激烈争吵，好友负气离去，不善言辞的男主角追上他后，终于表达了自己的心情，俩人这才冰释前嫌、携手迎敌，可以说是一场重头戏。

导演怕顾言演不好这种戏，特地又叮嘱了他几句。

恰好这天天气不错，竹林里微风阵阵，景致秀丽无双。两个主角装扮好了往那边一站，还真有那么点古色古香的味道。按照剧本上写的，好友负气离去后，顾言追上去截住了他，然后说出了剧本中的重要台词。

排戏的时候一切顺利，可是等到真正开拍时，顾言并没有照着剧本来演。他穿过竹林追上去之后，却将长剑架在了对方颈子上，冷声道："别回头。"

其他人都吃了一惊。

只有顾言神情自若，继续演他的戏。他站定的位置很特别，是精心挑选过的，正好跟秦致远遥遥相对。他如同入了戏一般，慢慢抬起眼来，专注地与秦致远对视。

然后他开口说话了。

嗓音低沉沙哑，就像最冷酷无情的人，在这一瞬间赤裸裸地剖出自己的心来，一字一字地说出了剧本中的台词。

秦致远完全僵在了那里。

直到顾言的身影消失不见，他才猛地回过神来，发现戏已经演完了。

旁边的导演看了一遍回放，正在犹豫要不要重拍。虽然顾言完全没照着剧本来，但他演的男主角本来就是冷面杀手，性格霸道又别扭，这么处理倒是很符合角色设定。最难得的是顾言刚才的表情，就算叫他本人按原样再演一遍，恐怕也抓不到那种感觉了。

正想着，忽听秦致远轻轻说一句："重拍吧。"

"啊？什么？"

秦致远仍旧望着顾言刚才站过的地方，唇边微露笑意，轻声地、但不容拒绝地重复道："把刚刚那段剪了，照着剧本重拍一遍。"

他是投资方的大老板，能不得罪就尽量别得罪。何况导演原本就在犹豫，这下更是立刻做了决定，叫工作人员准备重拍。

顾言这时正坐在场边休息，秦致远便微笑着走过去，跟他说了导演的决定。

"嗯，"顾言并不觉得意外，只是瞧了瞧秦致远，问，"我刚才演得不够好吗？"

"相当精彩。"秦致远望着顾言，道，"这一段我打算私人收藏了，所以不可能在电视上播。"

顾言马上就笑了："版权费可是很高的。"

"没关系。"

顾言觉得接下来的大半天真是兵荒马乱。先是把那场重头戏重拍了一遍，这次他没玩什么花样，规规矩矩地照着剧本演了下来，算不上很出色，但也没啥大毛病，导演挥挥手算是过了。随后又是一场打戏，在竹林中飞来飞去虽然很帅，但拍起来可不轻松，秦致远在旁边看得眉毛直打结。

好不容易熬到了收工，晚上还有一场饭局在等着。

花钱请客的人是秦致远，所以吃饭地点也是他选的，市中心黄金地段的大酒店，菜色怎么样先不提，装修绝对是够豪华了。

赵辛另外有事要忙，到得稍微晚了一点。他不知是不是怕遭顾言毒手，把身边的几个小助理也带了过来，都是年纪很轻的男孩女孩，在酒席上挺会闹腾的，没多久就把气氛炒热了。

顾言想起前一晚跟秦致远的闲聊，就问起他订婚戒指的事，赵辛这么随性的人，提到这个竟然脸红了，支支吾吾地不好意思说。

还是坐他身边的女孩子爆料说："赵导是在庆功宴那天晚上求的婚！"

"对啊对啊，这么多人等着他发表获奖感言，他却神不知鬼不觉地溜到天台上，悄悄把终身大事定下了。"

"事前滴水不漏，事后一声不吭，赵导真是狡猾。"

"罚酒罚酒！"

几个年轻人相继起哄，一个劲儿地要赵辛喝酒。

赵辛搔了搔头，这个时候倒不扭捏，一口气连喝了三杯，引来一片叫好声。

只有秦致远没出声，从头到尾连眼睛也没抬一下。直到赵辛接着往下喝的时候，他才帮忙挡了几杯酒。

顾言听他们说起庆功宴，才想起当晚赵辛确实消失了一段时间，原来是跑去跟女朋友求婚了。

顾言想到这里，不觉微微一笑。

秦致远正往他杯子里倒茶，见了他笑的样子，忍不住问："在想什么？"

顾言摆摆手，道："只是在猜赵导是怎么求婚的。"

"求婚还能有什么新鲜的？不就是单膝跪地掏出戒指吗？喔，不过赵辛比别人笨一点，下跪的时候差点跌一跤。"

顾言没想到他这么会损人，一下就笑了出来："说得好像你亲眼见到一样。"

秦致远的眸色沉了沉，没再继续这个话题，只是微笑道："等会儿把老赵灌醉了，就可以跟他谈拍电影的事了。"

顾言总觉得他的笑容有些古怪，但又说不出来怪在哪里。何况后来出了个小插曲，他就没再留心这件事。

赵辛去了趟洗手间，回来时带进来一个意想不到的人——被雨淋得浑身湿透的张奇。

按照张奇自己的说法，他是跟剧组的朋友约在这边吃饭的，到了地方却找不到人，手机又正好没电了，在走廊里徘徊的时候遇上了赵辛。赵辛因为秦致远的关系，以前跟他见过几面，算是有点交情的，见不得他全身湿漉漉的可怜样，就把人拉了进来。

这番说辞除了赵大导演之外，估计没人会相信。

顾言猜想他跟秦致远在片场聊天时，被这小子给听见了，所以他才会一路追过来。不过张奇能找到这个地方，又耐着性子在门外等这么久，也算是花了点心思的。他于是抬了抬手，招呼张奇到自己身边坐，还把外套脱下来递了过去。反正他不脱的话，秦致远肯定也会脱，乐得当一回好人。

那边赵辛又被灌了好几杯酒，酒劲一上来，果然变得很好说话，秦致远稍一助推，他就拍着胸脯保证让顾言当男主角了。甚至还走过来拍了拍顾言的肩，悄悄跟他说："小顾啊，你的人品当然是没话说的，就是演技太、太……"

"太烂了？"

"太需要磨炼了，我原本不想费这个心思的，但禁不住秦致远这小子一直求我，我一个心软就答应了。”

“秦总是怎么求你的？”

“他说不让你拿个奖，他就睡不着觉。”

顾言听得大笑起来。

赵辛压低了声音继续说：“你别看秦致远这个样子，其实他可文艺得很，还会写情书呢。我以前追女孩子时，都是他帮我写的情书。”

“真的假的？”顾言喝了点酒，也有些醉了，对秦致远道，“要不给我也写一个？”

秦致远问：“写什么？”

顾言想了想道：“笔友信？”

秦致远哭笑不得，连声叹道：“写写写。”

一副百依百顺的样子。

顾言心情大好，就算看着张奇的脸也想笑。

这顿饭吃得很热闹，走出酒店时已经是深夜了，天还在下着小雨。因为喝了酒不能开车，秦致远便叫了两辆出租车。期间张奇耍了点小花样，硬是挤上了他们那辆车，赵辛只好坐到前面的副驾驶座去。

顾言则坐在后座的中间位置，一边秦致远一边张奇，他太阳穴一抽一抽的，总觉得心里不踏实。

是因为一切发展得太顺利了吗？

反而感觉不真实了。

秦致远见顾言一直按着头，便问：“怎么了？不舒服吗？”

顾言要睡不睡的，迷迷糊糊地应道：“真想快点回去。”

车子开得越快，他的心跳得也越快。期待了那么久的东西，只要再等一等，只要伸一伸手，就能碰触到了。

这样的憧憬太过美好，所以当车祸发生时，顾言还以为自己仍在梦中。

由于雨天地湿，车子在一个大转弯时打了滑，狠狠撞向路边的一棵大树。树干被拦腰撞断，树枝在轰然巨响中倾倒下来，正砸在车顶上。

司机及时打了方向盘，结果副驾驶座撞得最严重。秦致远就坐在副驾驶后面，连忙推了顾言一把，顾言倒过去跟张奇撞成一团，两个人疼得直抽气。

然后他们听见秦致远的大喊声。

“赵辛！”

顾言看到张奇眼底露出惊异的神色，他知道自己的表情肯定也是一样。汽车被挤压得变了形，秦致远奋不顾身地朝赵辛扑过去。

08

第八章

顾言做了长长的一个梦。

梦到了他年轻时候的一些事。那时是真的天真，单纯得近乎无知，别人说什么他都傻乎乎地相信，以为进娱乐圈能够赚钱，便不管不顾地一脚踏了进去……然后就是天翻地覆。

签了合约才知道后悔，但是已经来不及脱身了，何况他确确实实需要钱。

在那之前，他是一心一意想要当大厨的，他根本不知道戏该怎么演。他动不动就挨骂，他总是记不住台词，他……他又是这么倔强的脾气，不懂怎么服软示弱，所以身上总是带着伤。

还记得最艰难的那个时期，他白天在片场拍戏，晚上还要接别的活，每天早上就买两个包子，把皮吃了留着馅，晚上再用剩下的馅配饭吃。中午吃剧组提供的盒饭，整整几个月都是同一种苦涩的味道。

水这么深，火这么热，只有一个人朝他伸出了手。

他总也忘不了那指尖上传来的一丝温暖。他从前是这样软弱的人，只因为遇到了秦致远，才逐渐变得强大起来。

他目标坚定。

他耐心十足。

他好不容易走到这一步，只要再坚持一下，就可以达成心愿了。

顾言颤抖着伸出手，却忽觉掌心传来一阵奇异的刺痛。

然后他的梦一下就醒了。他发觉自己穿着宽大的病号服，躺在雪白的医院病房里，右手缠着绷带，左手正打着点滴。

车祸时的记忆在眼前浮现。

顾言恍惚了好一会儿，才慢慢回过神来。他的右手受了伤，连握一握拳头的力气也没有，他知道他的梦已经结束了。

……彻底结束了。

后来小陈进来照顾他，顾言才知道车祸发生后没多久，他们就从A市转回了本市接受治疗——是秦家人一手安排的，最好的医院，最好的病房。

当时那场车祸虽然可怕，但好在所有人都活了下来：赵辛伤得最重，不过已经脱离了危险期，目前正躺在加护病房里。张奇的位置离得比较远，所以只有一些轻微的擦伤和脑震荡。顾言右臂骨折，打了厚厚的石膏，手掌被树枝穿了个窟窿，结结实实地缝了好几针。秦致远则是大面积的软组织挫伤，据说他被救出来的时候，一副头破血流的可怕模样。

顾言听到这里，总算是松了口气。等他的身体稍微好一点，就先去探望了一下还在昏睡中的赵辛。安静的病房里，一个气质温婉的女人默默坐在床边，手上戴着跟赵辛同款的婚戒。

这个应该就是传说中的赵辛未婚妻了。

顾言再次觉得庆幸，这场车祸没有造成什么不可挽回的遗憾。他并未进去多做打扰，转身又去隔壁病房看了看秦致远。

秦致远头缠绷带的样子十分新鲜，顾言在门口看着看着，忍不住地笑出来。秦致远还不能下床走动，只是半坐起身，朝他招了招手。

顾言便一步一步地走进去。

秋日的阳光透过窗子照进来，暖洋洋的金线洒了满床，气氛温暖又平和。

秦致远瞧了瞧顾言的右手，问："疼吗？"

顾言马上摇头："伤得不及你重。"

"车祸的事已经见报了，不过没有乱写，你尽管放心，不会影响到你的形象的。"

顾言对此从不操心，他更关心的是另一件事。他假笑的功力又上一层楼了，这个时候也能笑得出来，道："我可以问你个问题吗？"

秦致远早已做好了被他追问的准备，柔声说："当然。"

"庆功宴那天晚上，你去外面接电话时，正好看见赵导跟女朋友求婚？"

"嗯，我也没料到会这么巧。"

秦致远静了一下。

过了很久很久，久到顾言以为他不会回答了，他才抬起头来望住顾言，语气既温柔又惆怅："我并不是没有说过真心话的。"

顾言点头表示理解。

顾言想了又想，却始终没有问。

话说到这个地步已经足够。

他这样的身份，怎么可能真正成为秦致远的知己呢？一切不过是他的错觉而已。

戏既然已经演完了，他还有什么好想的？顾言没再多说下去，只是很礼貌地关心了一下秦致远的伤势，然后就转身走回了自己的病房。

顾言做了认真的反思，接下来几天都安安心心地躺着养伤。

小陈每天忙进忙出的，倒是把他照顾得很好，而且还随时提供各种八卦供他消遣，免得他病中无聊。

顾言手掌上的伤很快就痊愈了，绷带拆下来后，掌心留下一道疤，细看竟然像颗心的形状。顾言觉得好笑，但是连笑一笑的力气也没有了。

秦致远的身体恢复得比较快，没过多久就出了院，不过仍旧天天往医院里跑。不管他大部分时间是守在谁的床边，至少每次都会来看望顾言，各种补品源源不断地送过来，仍旧是最佳友人的形象。

顾言没拒绝他的体贴，两个人还是像过去那么聊天。

出院那天也是秦致远来接他。

可能是车祸的后遗症，秦致远一路上开得很慢很稳，在一个红绿灯口停下来，转头问他道：“晚上去哪里吃饭？”

“不用了，”顾言懒洋洋地望着前方，“还是先回你的公寓吧，我有点东西要收拾一下。”

秦致远神色微变。

正好这时绿灯亮起来，他便握紧方向盘，踩了油门继续往前开。

到家的时候已是傍晚。

顾言的东西大部分是秦致远买的，他其实没有多少私人物品，花了十几分钟就整理完了。不过他特意进书房转了一圈。堆着相册和笔记本的纸箱还放在角落里，秦致远很早以前就理了出来，却一直下不了决心处理掉。

顾言走过去翻了翻，发现秦致远真的会写情书，笔记本里填得满满的，而且文笔还挺优美。因为涉及个人隐私，他没有多看下去，接着又打开了相册。里边有不少秦致远跟赵辛的合照，从学生时期一直延续到步入社会，秦致远的容貌从青涩渐渐变得成熟起来。

秦致远把一张银行卡塞进他衣袋里："密码是你的生日。"

啊，这是车祸后的精神损失费吗？

顾言太了解秦致远了，知道他出手大方，那张卡里的数字一定会让自己满意。

他爽爽快快地收下了那张卡，半眯着眼睛望住秦致远，说："谢谢你的照顾。"

不知是不是被他抢了台词，秦致远的脸色变得相当难看。

顾言拿了自己的东西，转身朝外面走去，快到门口时又停下脚步，回头望了一眼。

秦致远仍旧站在原地看着他。厨房倒是装修好了，完全按照秦致远的要求来的，摆了一整套的欧风厨具，漂亮得华而不实。顾言忍不住想，在这个厨房里做菜一定很辛苦，动不动就弄得满室油烟。

但同样也会很满足。

顾言轻轻带上了房门。秦致远的公寓在十八层，他没有坐电梯，一层一层地走楼梯下去，就像走过那些丰盛又美好的岁月。

一码归一码，工作还是要继续的。

顾言拍的那部古装剧本来就快杀青了，借着车祸事件也算小小炒作了一下，他后来又去摄影棚补拍了几个镜头，就算完成任务了。

不过因为年关将近，各大颁奖礼接踵而至，顾言虽然跟奖项无缘，却也常被邀去凑数。此外他主演的一部电影也快上映了，要跟着剧组到处宣传，还要抽空拍几支广告和杂志封面，有时忙得连吃饭也顾不上，更别提抽空怀念过去了。

这样过了一个多月，那晚顾言去参加某个颁奖典礼时，意外地碰到了秦峰。

自从酒吧事件后，秦峰一直销声匿迹，估计是被秦致远教训过了，吃到了一些苦头。他这回出现，竟比以前更嚣张，搂着那个模特女朋友走路时，连下巴都是朝天的，顾言还真担心他会摔跤。

当然他一见着顾言，眼睛立刻就瞪大了，眼神锋利得像能射出刀子来。

顾言觉得十分有趣，就算后来被秦峰堵在了洗手间里，他也仍是笑眯眯的，一边洗手一边打招呼："秦少爷，好久不见。"

秦峰对他是有着新仇旧恨的，脸色阴沉地看着他，张嘴就来一句："我哥前两天出国了。"

顾言"哦"了一声，恍然大悟地想，难怪小白兔被放出来了。

秦峰紧接着又说："赵辛虽然醒了，不过还有些后遗症，我哥带他去找国外的专家进行治疗了。"

顾言的手颤了颤。

顾言怀疑自己也有后遗症了。他伸手拧紧水龙头，抬头望着镜中微笑的自己，很镇定地说："那很好啊，希望赵导早日康复。"

秦峰不屑地哼哼两声，道："听说你跟我哥闹掰了？"

"秦少爷消息真是灵通。"顾言坦然承认道，"确实有这么一回事。"

"为什么？"

"秦总为人太小气了，不值得深交。"

秦峰放缓了脸上的表情，道："算你还有点眼色，不过在这个圈子里，没有后台可是混不下去的。"

"没错。身在娱乐圈，交友还是应当谨慎一些，最好能结交一些有钱有势、对我的事业有帮助的朋友，比如……”顾言猛地靠近秦峰，视线在他的俊脸上扫过。

秦峰得意地扬了扬眉毛。

顾言接着说下去：“比如你父亲。”

秦峰一下就怔住了。

“秦少爷若是肯介绍你爸给我认识的话，我一定非常感激你。”

秦峰面色铁青，气得破口大骂。

“你竟然还想招惹我爸，你你你……”小白兔就是小白兔，连骂个人也要结巴。

顾言很感谢他带来的乐趣，惋惜地摇了摇头，道：“秦少爷不愿意就算了，何必生这么大的气呢？”

然后他擦干双手，不理会秦峰绞尽脑汁想出来的脏话，大步走出了洗手间。

夜色已经深了，迎面而来的风带着刺骨寒意。

这几天陆陆续续下了好几场雪，但顾言只穿了件T恤搭黑西装，为了以最好的形象示人，他只好要风度不要温度了。

他没有去回想秦峰说的那几句话。

他揉了揉右手的手掌，尽量遗忘过去。

接下来又是连轴转的工作。

主要是为了那部即将上映的电影，在几个大城市飞来飞去地宣传。这是部青春偶像剧，顾言演的男主角英俊多金，女主角则出身贫寒、性格单纯，两人一开始是对欢喜冤家，后来日久生情渐渐相爱了，很狗血无聊的剧情，不过目标市场定位得不错，档期排在情人节那会儿，应该能吸引到不少小情侣。

顾言没去看首映，隔了两天才买了张票，戴着墨镜捧着爆米花，混在人群中走进了电影院。来看电影的都是一对一对的情侣，他一个人坐在漆黑的角落里，显得有些格格不入。

但是他看得很专注。

毫不自恋地说，屏幕上他放大的脸很漂亮。就是演技欠佳，眼神僵硬、语气冷淡，连说情话时都没什么表情，演来演去都是他自己。电影的情节还算流畅，很快就进展到高潮部分了，他吻着女主角说我爱你，痴情的模样别扭得要命。

顾言不停地往嘴里塞爆米花，看着那张充当花瓶的英俊面孔，笑得眼泪都快出来了。

他这辈子只演好过一场戏。

就是自己骗自己。

第九章

过完年顾言就进了新剧组。

那部大投资大制作的武侠电影，有个相当缠绵悱恻的片名，叫作《青丝》。当初谈片约的时候，说好了是双男主的，顾言演一个风度翩翩的名门公子，另一个当红小生演初入江湖的毛头小子，两人同时爱上了反派阵营的美貌女主角，然后就是各种阴谋斗争、情义纠葛……不料剧本改来改去，等到正式开机的时候，顾言的戏份已经删减了许多，从名义上的男主角变成了实际上的男配角。

这个还不是最要紧的，关键是他这个名门公子还为女主角毁了容，脸上留下长长一道疤，变得穷困潦倒、落魄不羁，最后干脆为女主角送了性命。传说中白衣翩翩的贵公子只出现在回忆里，加起来总共不到五分钟，大多数时候他得顶着一张毁容的脸拍戏。

这对顾言来说可不容易。

毕竟他能有现在的人气，多半是靠俊美外形积累起来的，现在遮掉最有卖点的脸孔，只会更加凸显他薄弱的演技。而且观众早已习惯了他银幕上的英俊模样，突然在脸上弄一道疤，很多人恐怕无法接受。所以像他这样的偶像明星，一般不会轻易转型，因为实在太过冒险了。

可是合约都已经签了，他还有什么办法？

总不能把剧本扔到导演脸上去吧？

顾言的定妆照一出来，就在网上掀起了轩然大波。照片中的他穿一件老旧长衫，扛一柄破破烂烂的铁剑，神情淡漠不羁，脸上长长的疤痕格外刺眼。剧组之前早就放出过一组照片，是他手执玉笛的白衣公子形象，两者放在一起看，对比尤为鲜明。

粉丝为此分成了两派，在网络上吵得天翻地覆。有认为造型师“毁人不倦”，坚决不肯接受的，也有觉得顾言年纪不小了，是时候改走演技路线，表示大力支持的……总之电影还没开拍，就吸引了不少眼球。

等到开拍后才是真的受罪。

顾言那个毁容的造型，光是上妆卸妆就要花好几个钟头，有时天没亮就得爬起来，早早化完了妆，他的戏却排在最后面，直等到半夜才能收工。脸上一整天贴着假伤疤，到晚上皮肤都快过敏了，第二天却还得接着演。而且他演的那个角色真是命途多舛，动不动就挨打受伤吐血，每场戏演起来都不轻松。他没有了漂亮的容貌撑着，想当花瓶都当不成，总是被导演骂得狗血淋头。

顾言演了几天后，算是觉出味道来了，肯定是有人看他不顺眼，故意要这么整他。

迟钝如小陈也发觉不对劲了，某天中午吃饭的时候，悄悄凑到他耳边来，问：“言哥，你最近是不是得罪人了？”

顾言怔了怔。

小陈又接着说：“秦总这两个月不在公司，我听说很多决定都是他弟弟拍板的。”

顾言对此毫不惊讶。

这么幼稚的整人手段，也只有秦峰干得出来。

他见小陈一副忧心忡忡的模样，忍不住伸手捏了捏那张圆乎乎的脸，道：“什么事也没有，不用瞎操心。你这几个月也辛苦了，下个月给你涨工资。”

小陈一脸茫然：“可我的薪水是公司发的啊。”

顾言好笑地说：“我不能自掏腰包发你奖金吗？”

小陈这才欢呼起来。

顾言微微一笑，觉得生活中还是有许多小喜悦的。

他们这天才聊到秦峰，没过几天，秦少爷就大摇大摆地出现在了片场。他甩掉了那个模特女朋友，最近正在大力追求剧里的女一号白薇薇。白薇薇是如今正当红的小花旦，貌美歌甜，最重要的是会做人，人缘好得出奇，处处有人帮衬，演什么红什么。

凭秦峰那点情商想要追到她，恐怕前路漫漫。

秦峰大概是把顾言那天的玩笑话当了真，见到他总觉得心里发毛，已经不敢正面来招惹顾言了。但是又恨得牙痒痒，所以总爱在顾言面前走来走去，一副就是老子在整你的骄傲德行。

顾言发现秦峰真是调节心情的利器，无论拍戏多么辛苦，见了秦少爷都能找到乐趣。

这天秦峰来片场晃悠时，却出了点小意外，一个放道具的木架子倒下来，差点砸在他身上。顾言当时就在旁边，于是顺手推了秦峰一把，虽然害得他踉跄了几步，几乎跌倒在地，但至少没有砸伤那张俊脸。

秦峰当场就懵了，过了好一会儿才回过神，惊魂未定地望向顾言。

不过他非但没有出言感激，反而气得脸都红了，大骂顾言多管闲事。他原本是来约白薇薇吃饭的，结果连提也没提这事，气冲冲地就走了。

顾言被他弄得一头雾水。

更好笑的事情还在后面，秦峰整整两天没出现，到了第三天，他从前那个模特女友也是一脸怒气地杀到了片场。顾言记得她好像叫莉莉，腿很长腰很细，妆容一贯很精致。但她这次却是披头散发的样子，眼睛红红肿肿的，脸上的妆都花了。

顾言只当她是来找白薇薇麻烦的，剧组的其他人也都这么猜想，不料她最后却是在顾言跟前站定了，咬牙切齿地说："原来是你！"

顾言一时没反应过来。

顾言这才意识到她可能认错了人，刚想解释一句，秦峰的前女友又叫嚣道："你就是白薇薇吧？"

"小姐……"

"你有什么了不起的？不过是一张脸长得好看而已！"

顾言刚好在拍毁容前的戏，一身白衣的造型确实出色，他本人对自己的脸也很满意，点头赞同道："没错，会投胎也是一种本事。"

这副若无其事的态度点燃了火药。

那女人立刻拔高了声音："你……不要脸！"

啪！

一声脆响后，顾言脸上挨了一巴掌。

这样的经验太新鲜，他一下就怔住了。其实这一巴掌并不是很用力，但他的皮肤比较白，脸上很快浮现了手指印，半边脸颊微微肿了起来。

顾言什么话也没说。他只是皱了皱眉，慢腾腾地转过身，伸手到包里掏东西。剧组的人都被吓到了，只当他要摸出什么凶器来，连忙赶上来劝阻。

真可笑，他怎么可能跟女人动手呢？

何况打了人自己的手也会痛，一点都划不来。

顾言掏啊掏，最终从皮夹里翻出一张名片，轻飘飘地丢给那个小模特，道：“名誉损害加暴力伤害，关于赔偿金的问题，你去找我的律师谈吧。”

这一幕被有心人拍下来，第二天就上了报纸的娱乐版。

照片拍得有些模糊，但标题起得很有噱头——直击片场骂战！

最后那个感叹号点得触目惊心，要是不小心瞥见，还真让人吓一跳。报道里没有提及秦峰，只是暗指顾言的私生活不检点，两个美女为了他争风吃醋，甚至在片场大打出手。

若是秦致远在的话，肯定没有哪家媒体会发这个新闻，现在……现在当然不一样了。

顾言觉得自己真是冤枉，明明只是个局外人，却白白担了污名。

绯闻见报后没两天，顾言就接到了好友打过来的电话：“大明星，我把自己的名片给你，不是让你用来砸人的！”

清亮的女声火气十足。

顾言当时正坐在沙发上看电视，忙把话筒拿远一些，道：“王律师，注意你的专业形象。”

王雅莉在电话那头哼哼两声：“说吧，怎么补偿我？”

“免费帮你打广告都不好？我还没跟你收宣传费呢。”

“顾——言！”

顾言笑够了，才清一清嗓子，正正经经地说：“周三晚上有没有空？我请你吃饭吧。”

“以前总是约不到你，最近怎么有空了？”

顾言静了静，道：“工作排得没有那么满了。”

过年那阵子忙的工作，大部分是秦致远从前帮他安排的，现在除了还在拍的电影，基本上已经完工了，经纪人又很久没打电话给他，估计他以后会越来越清闲。

顾言一边想，一边报出了某家高级餐厅的地址。

那家餐厅开在市中心人气最旺的地段，名字取得很文雅，装修得也算有格调，重点是菜品精致又有新意，几乎天天爆满，要是不提前预约的话，晚上很难订到座位。

王雅莉周三晚上赶去赴约时，顾言已经坐在了二楼的包房里，正戴着墨镜看窗外的风景。

“大明星来这么热闹的地方没问题吗？会不会被粉丝认出来？”王雅莉故意取笑了他几句，翻开菜单道，“今天既然是你请客，我可就不客气了。”

顾言摘下墨镜笑了笑：“没关系，尽管点你喜欢吃的菜。”

王雅莉向来性格直爽，如今成了专业人士，依然是一副风风火火的样子，果然毫不客气地点了一桌子菜。

顾言因为本身性格的关系，朋友不算太多，她是难得的好友之一。两人很随意地聊了些生活上的近况，当然也提到了那个绯闻事件，顾言用误会两个字一语带过，王雅莉也没追问下去。

吃到一半时，顾言用手指敲了敲桌面，突然问：“你觉得这家餐厅的菜色怎么样？”

“不错，很好吃啊。唔，就是比不上你的手艺。”

“想不想见见这里的大厨？”

“呃？”王雅莉愣了愣，“不用了。”

顾言继续问：“那想不想见见这里的老板？”

王雅莉更觉莫名其妙，一抬头，却见顾言单手支着下巴，正似笑非笑地望着她。她也不是笨蛋，这下立刻明白过来，拿手指着顾言道：“臭小子，你……！”

顾言怕她噎到，忙倒了杯水递过去。

王雅莉干脆在桌子底下踢他：“这是你开的餐厅？什么时候的事？”

“一直在存钱，存够了就开了。”在那个圈子里混，今天不知道明天事，当然要多找几条路走。

王雅莉嫌他不够朋友：“怎么不早点告诉我？”

顾言拿起筷子夹菜，微笑道：“生意上了轨道才敢请你过来，否则要是冷冷清清的，连吃饭的人都没几个，那我多没面子。”

他从来不是好面子的人，但是很有主见，知道自己要的是什么，下了决心就会坚持到底，谁也阻挠不了。

“算了算了，反正你就是这种性格。”王雅莉太了解他了，摆摆手道，“以前明明想当大厨的，后来却一声不响地跑去演戏，还不知不觉成了大明星，真是好本事。”

顾言没提这其中的种种曲折，轻描淡写地说：“只是运气好而已。”

“对了，你家以前欠的那些债……”

“早几年前就还清了。”

“那就好。”王雅莉拿起酒杯来敬他，“总而言之，恭喜你自己当老板。”

顾言跟她碰了碰杯，道：“很多艺人都会拿存款做投资，不是什么了不起的事。”

“对别人来说或许不值一提，但对你来说意义不同，我知道这是你从小到大的梦想。啊，对对对，还要恭喜你梦想成真。”

顾言道过谢后，慢慢喝尽了杯子里的酒。他没有像平常那样露出笑容，仅是惬意地眯了眯眼睛——这才是他开心时的表情。

王雅莉眼珠子一转，道：“我们都这么熟了，可以给我张VIP卡吧？”

顾言当然说OK，然后又说：“还有件事要麻烦你。”

“嗯？什么事？”

“我正打算开分店，地址已经选好了，资金也都到位了，就是还差一个法律顾问。很多问题可能要向你咨询，不知你肯不肯帮忙？”

“我的收费可是很高的。”

“这方面一定让你满意。”

顾言都这么说了，王雅莉还有什么理由拒绝？她边吃菜边看了顾言几眼，问：“以后是不是该改口叫你顾老板了？”

“嗯——”顾言拖长了声音应一声，偏过头微笑起来，道，“还算顺耳。”

“臭小子，”王雅莉又在桌子底下踢他，“瞧你得意的！”

顾言这才哈哈大笑。

接着两人聊了些从前的趣事，一顿饭吃得十分畅快。

临走前，王雅莉还让服务生把几道爱吃的菜打包了，说是拿回家当夜宵。顾言完全没意见，下楼后到柜台前签了单，顺便帮王雅莉办了张VIP卡，一转身却遇上个熟人——数月不见的秦致远。

分别的时间不算太久，所以他看上去一点变化也没有，仍旧是西装笔挺、领口整洁，连头发都梳理得一丝不乱。唯一的改变大概就是身边的女伴又换人了，这次是个妖娆的女孩子，穿火红色的连身洋装，脸上的妆浓得吓人。

顾言不由得想，他的品位倒是跟秦峰越来越像了。

两个人视线相触，静静对望了几秒，然后各自展露笑容。

秦致远率先开口道："好久不见。"

顾言自然而然地接了下去："听说你去了国外。"

"嗯，前两天才刚回来。"

"赵导的身体怎么样了？"

"已经好得差不多了。"

顾言笑笑，很真心地说："那就好。"

秦致远一下接不上话了。

本来旧友偶遇，客套到这个地步就已足够，按照剧情发展，随后就该挥手道别，该潇洒的继续潇洒，该伤神的暗自伤神。

可秦致远偏偏站着不动，想了半天，才挤出来一句："没想到这么巧遇见你。"

有什么巧不巧的？

本市就只有这么点大，兜兜转转总能遇上。

顾言没有出声，见服务生在一旁等着给秦致远带座，便朝他使个眼色，交代道："秦先生是我的朋友，一会儿给他打个折。"

恰好这时王雅莉拎着她的夜宵走下楼，也不管有没有人看见，一头冲到顾言身边，抱怨道："臭小子，你走这么快干什么？不知道我今天穿了高跟鞋吗？"

边说边把打包好的东西塞进顾言手里，又挽住他的胳膊歇歇脚。

秦致远的目光扫过来，直盯着他们两个人看。

顾言觉得该说的话都已说完，于是向他点头示意，道："我还要送女士回家，先走一步了。"

秦致远仍旧那么望着他，脚下动也不动，丝毫没有跟他道别的意思。

看吧，断交了的人就是这样，连礼数也不讲究了。

顾言无奈，又不想站着影响生意，便拉了王雅莉朝门外走去。

王雅莉倒是频频回头，小声问他："刚才那个是你朋友？他身边的女伴是不是莫雨？"

顾言反问道："谁？"

"现在当红的歌星啊！亏你还是混娱乐圈的，怎么连这个也不知道？"

顾言确实没什么印象，只得承认自己孤陋寡闻。

王雅莉都已出了门，还念念不忘地说："能不能让你朋友给我弄个签名？唔，不是我自己爱追星，是我弟弟特别迷莫雨。"

顾言有些恍神。

王雅莉连问了两遍，他才慢慢缓过神来，道："我跟那位秦先生不是很熟。"

王雅莉略觉失望，但也没再多提了。

停车场离得很近，走几分钟路就到了。顾言先帮王雅莉开了车门，把一堆打包的食物塞进去，然后再走向驾驶座。不料刚坐进车里，就有人伸手挡住了车门。

顾言侧头一看，正对上秦致远的目光。

他可能是一路追过来的，头发有点乱，西装有点皱，气也有点喘，只有语气依然是从容不迫的："我有份重要文件落在公司了，急着赶回去取，不介意载我一程吧？"

"秦总自己没有开车？"

"我的车刚好坏了。"

"可以搭计程车。"

"这附近不好拦车。"

“那就……”

“不就是个搭个顺风车嘛，又浪费不了多少油钱。”顾言的话还没说完，王雅莉已经开了后座的车门，招呼道，“秦先生，你往哪条路走？让顾言先送你吧。”

秦致远立刻坐了进去，顺手关上车门，彬彬有礼地做了自我介绍。

王雅莉本来就是自来熟的性格，很快就跟秦致远聊了起来，还挥挥手叫顾言快开车，完全把他当司机使唤了。

到了这个地步，顾言总不能再叫秦致远下车，只好叹一口气，乖乖发动了车子。

“秦先生还没吃过晚饭吧？”

“嗯。”

“你那位漂亮的女朋友呢？岂不是被你放了鸽子？”

“我约莫小姐见面只是为了工作。”秦致远双手交叠着放在腿上，姿态十分优雅，故意看了顾言一眼，道，“她就算一个人吃饭也没问题，何况顾老板这么大方，还特意给我打了折。”

顾言调整一下后视镜，装作没有听见。

王雅莉倒是完全相信了，再次为要不到签名失落了一下，不过马上就兴高采烈地聊起了其他话题。秦致远说话很有技巧，挺会讨女人欢心的，知道她喜欢八卦，就提供一些无关紧要的小道消息，逗得她笑个不停。

聊着聊着，秦致远瞧了瞧专心开车的顾言，突然漫不经心地说一句：“我只是出国几个月，没想到小顾这么有本事，能找到王小姐这样美丽大方的女朋友。”

王雅莉连声道：“我跟顾言可没有暧昧关系，我已经有未婚夫啦。”

“原来是我误会了，真是可惜。”

顾言听着腻味。

好在王雅莉住得近，顾言把人送到家后，马上调转车头，照原路开了回去。

秦致远看了看窗外飞掠的景物，道："公司不是在这个方向。"

"我知道。我送你回先前的停车场。"

"为什么？"

"秦总的车应该没有坏吧？你还是自己开回去比较好。"

秦致远被拆穿后，丝毫也不觉尴尬，沉声道："我有几句话想跟你说。"

顾言也是怕了，不敢边开车边说话，干脆把车子停到路边去，熄了火才道："说吧。"

"什么时候开的餐厅？"秦致远的声音有点冷，不等顾言回答，又自言自语道，"让我猜一猜，肯定是在车祸之前，对不对？"

顾言并不否认："的确有段时间了，秦总工作太忙，我就没有特地告诉你了。"

"不错，这样你就能如愿以偿地当厨子了。"他这话说得没什么诚意，反倒像在讽刺。

顾言静了一下，轻轻按住自己的右手，道："我很久没有下厨了。"

他觉得秦致远这别扭闹得有些可笑，他从前一再让他失望的时候，又有哪一次通知过他了？

第十章

秦致远也发觉自己太没风度，转头朝窗外看了一会儿，逐渐把情绪调整过来，揉着额角说："抱歉，我只是吓了一跳。"

顾言完全没放在心上，十分平和地说："话要是说完了，我就送你回去吧。"

"再等一下。"

秦致远连忙叫出声来。他嫌这样说话太气闷，便开了门下车，走到前面拉开副驾驶座的门，弯身坐到顾言旁边去。

顾言没有反对，静静等着他说话。

秦致远反而不急了，仔仔细细地打量了一下他的脸，说："好像胖了一点。"

"吃得好也睡得好，想瘦下来都难。"

"绯闻的事我听说了，我没想到秦峰会这么乱来，还有那个小模特……"

顾言摆摆手，打断他道："只是一场误会，过去了就算了。"

“另外电影的事比较难办，已经拍了一半，再改剧本也来不及了。我知道你从不演配角的，这次就稍微忍耐一下，下部戏一定让你当主演。”

秦致远说得相当认真，顾言却越听越好笑，最后伏在方向盘上大笑起来。

“笑什么？”

“你并没有欠我什么，不必这么补偿我。”顾言笑得够了，才半歪着头望向他，开口答道，“拍电影可以选当主角还是当配角，不想演大不了就辞工，但是这世上有很多角色，根本由不得你来选。”

这番话里的意思，秦致远不会听不明白。

秦致远便噤了声，隔一会儿才说：“你猜我回国之后，做的第一件事是什么？”

顾言眨眨眼睛，道：“约身段玲珑的美女吃饭？”

秦致远几乎要笑起来，最后却只是叹一口气，抬头望住车窗外沉沉的夜色，道：“我把那些相册和笔记本全都烧了，一样也没有留。”

顾言一下怔住了。

秦致远先前说了这么多废话，到了关键时刻，反而不肯多说下去，像怕被顾言看穿心意似的，道：“我的话说完了，你自己先回家吧，不用特地送我了。”

边说边开门下了车。

帮顾言关上车门的时候，还不忘加一句：“晚上开车小心点。”

顾言不记得自己是怎么回答的。

他只觉初春的夜还带着凉意，秦致远站在路边望了他很久，直到车子发动起来，也还能从倒视镜中看见那个人的身影。

回家后就收到秦致远的短信，问他有没有安全到家。

顾言看了一眼，随手把手机扔到旁边，没有回复就上床睡觉了。

这一晚有些失眠。

幸好第二天没工作，顾言睡到快中午才起来，拿过手机一看，秦致远又发来一条短信，约他晚上一起吃饭。

顾言还没来得及回他，小陈就先打来了电话，兴奋地嚷："言哥，大八卦！"

顾言怕他太激动，忙道："慢慢说，不要急。"

"言哥，你还记得那天来片场闹的小模特吧？叫什么莉莉还是露露的，听说她跟了秦少爷这么久，好不容易拿到个参加国际时装秀的机会，结果公司上层说绯闻的事情影响不好，转头就把这份工作安排给别人了……她现在恐怕正后悔得跳脚呢……"

小陈一直为顾言被打的事愤愤不平，现在总算是出了一口气。

顾言反倒没什么感觉，他本来就没生气，自然也不会觉得痛快，只是暗自感慨，秦致远办事的效率真是不错。

小陈八卦完了这件事，那高兴劲儿还没消，便又接着说了下去："对了，言哥你听说了吗？赵导下个月就结婚了。"

顾言愣一愣，心里当然知道是哪个赵导，但还是问："赵辛？"

"嗯，据说本来只是订婚的，但因为出了车祸的事，双方都不想再拖下去，就直接改成结婚了。言哥你跟赵导这么熟，应该会去参加婚礼吧？"

其实顾言跟赵辛的关系很一般，但因为两人一起出过车祸，小陈就自动认为他们很熟了。顾言也懒得解释，敷衍着应了两声，道："要看赵导给不给我请帖。"

然后又跟小陈聊了些琐事，挂断电话后，顾言摆弄一下手机，默默地在床边坐了片刻。

求了婚就会结婚，这是理所当然的。

顾言最终没回秦致远的短信。

他把手机卡取下来扔了，下午就去重新买过一张，把新号码通知了所有该知道的人，至于不该知道的……当然一个没提。

这样只隔了两天，秦致远就到片场来找他了。

当时顾言已经上好了妆，正顶着一张毁容的脸拍打戏，身上的衫子破破烂烂的，脸上的假伤疤狰狞扭曲，样子极为狼狈。

秦致远站在场外冲着他笑，抬手比了一个拍照的姿势。

顾言晃了晃手中的剑，装作什么也没看见，转头继续演戏。

秦致远便耐住性子等着，直到这一场戏拍完，顾言坐下来休息的时候，他才一步步走过去，递了瓶水给顾言，道："这几天都打不通你的电话。"

"哦，我换了新号码。"顾言很自然地接过水瓶，旋开盖子喝了一口。

"为什么？"

"以前的那个号不吉利。"

这借口找得太敷衍，秦致远马上就问："是吗？"

顾言只是笑一笑。

秦致远也不追问下去，就是低下头望着他，道："听说你给别人新号码的时候，特意交代说，不要透露给无关紧要的人，这是专门指我吗？"

大老板岂会无关紧要？

顾言就算这么想，也不可能这么答，所以他没有正面回应这个问题，仅是轻声说一句："我收到赵导的结婚喜帖了。"

"下个月五号，我会去观礼的。"

说完之后，顾言把水瓶塞回秦致远手里，起身大步走了开去。

他以为捅出了这一刀，秦致远近期内肯定不想见到他了，不料某人像什么也没发生过似的，依然锲而不舍地来找他。

顾言只好拿出躲狂怒影迷的手段来躲着他。

秦致远不急不恼，把良好风度维持到底，倒是没逼得他太紧。

两人直到赵辛的婚礼上才再次碰面。

婚礼办得不是很隆重，只邀了一些亲朋好友，地点就选在上次办庆功宴的酒店，据说赵辛就是在这地方求婚的，也算是一种浪漫了。

顾言虽然有幸参加，但位置被安排得很偏，同桌都是些半生不熟的圈内人，大家除了互相敬酒，基本上话不投机。

平常不修边幅的赵辛今天好好打理了一番，白衬衫黑西装搭上精心修饰过的发型，竟然很有味道，跟温柔婉约的新娘站在一起，当真是一对璧人。

郎才女貌，羡煞旁人。

顾言看着看着，目光却落到了旁边当伴郎的秦致远身上——他今天的衣服选得很好，铁灰色的西装不算抢眼，既没有盖过新郎的风头，又衬得他十分出色。

顾言用眼睛描绘了一下那优美的腰线，连菜都多吃了不少。

秦致远整个晚上都在微笑。

他帮忙招呼客人、拍照、分烟、收红包，大大小小的事情全都照顾到了，以一个朋友的角色来说，就算打不到一百分，拿个九十分也绰绰有余。

新郎新娘交换过戒指后，在一片祝福声中拥抱接吻，甜蜜的表情让人心生嫉妒。秦致远站在离赵辛最近的地方鼓掌，嘴角始终保持着上扬的弧度，笑得眼睛里泛起了淡淡的光。

新郎新娘完成了仪式，接下来就要一桌一桌地敬酒。

赵辛今晚特别开心，牵着新娘的手笑个不停，谁叫他喝酒他都不推辞。

秦致远只好冲到前面来，尽量多挡下一些酒，能喝几杯算几杯。

他平常烟酒不沾，没想到酒量还不错，敬到顾言这一桌的时候，已经喝下不少酒了，但神智还是清醒的，在顾言身边站了一会儿，小声对他说：“你少喝点酒，要是喝得多了，就别自己开车回去了。”

顾言怔了怔，还没反应过来，秦致远早已去到下一桌，拍着赵辛的肩膀大笑起来。

酒宴结束时，秦致远的脸色变得有些难看，顾言闭着眼睛都能数出他去了几趟洗手间。但他竟坚持着没有倒下去，还让人把烂醉如泥的赵辛先扶走了，自己留下来送客。

顾言猜想他醉得厉害，恐怕没办法回家了，所以在酒店开了个房间，又找服务生要了杯温开水。等重新回到婚宴会场的时候，客人都走得差不多了，天花板上的水晶灯还在旋转出耀眼光芒，地上残留着五颜六色的包装纸，而秦致远一个人站在这空荡荡的大厅里，正对着吃了一半的结婚蛋糕发呆。

顾言跟服务生打了个招呼，要他晚一点再过来收拾，然后走到秦致远身边去，把杯子递给了他：“喝点水吧，解酒的。”

秦致远一下回过神来。他可能是真的醉了，安安静静地看了顾言片刻，才像认出他似的，接过杯子道了谢。

顾言便说：“我在楼下开了房间，要不要去休息一下？”

“没关系，”秦致远拉过一把椅子来坐下了，揉了揉眉心，道，“我想再坐一会儿。”

顿了顿，又道：“你前几天不是一直躲着我吗？今天怎么主动跟我说话了？”

“今晚比较特别。”

秦致远点点头，黑眸里倒映出水晶灯美丽的光，笑说："最好的朋友结婚了，以后只剩我一个人单身，确实有些不适应。"

然后他抬起手来遮住自己的眼睛，声音变得有点哑了："灯光怎么这么刺眼？"

顾言默不作声地走出去。

片刻后，只听"啪"的一声响，厅里的灯全都灭了。

只窗外还照进来些微弱的光。

秦致远在这黑暗中松了口气，觉得脸笑得有点僵。他看见一道模糊的人影绕过桌椅，跌跌撞撞地走过来，最后在他跟前站定了。

他实在是醉得厉害，突然想不起这个人是谁。过了一会儿，脑海里蓦地跳出个名字来："顾言。"

顾言应了一声。

秦致远强打起精神来，道："我没别的意思，就是想跟你说说话，有个问题一直想问你。"

"问什么？"

"那天……为什么要跟我道谢？"

顾言怔了怔，总算明白过来，原来秦致远一直在记恨被他抢了台词的事。

黑暗中看不清秦致远的表情。

他平常滴水不漏，总把自己的情绪牢牢收藏，今晚可能确实喝醉了，竟老老实实地说："都是我的错。"

顾言料不到他会这么说，过了一会儿，才放柔声音道："没关系，慢慢来吧，时间总能战胜一切。"

秦致远含糊地应了几声，渐渐地靠在椅子上睡着了。

顾言又在旁边站了许久，才找来服务生帮忙，把秦致远弄到了楼下的房间。秦致远醉糊涂了，鞋子不脱，衣服不换，直接就往床上倒。

顾言懒得帮他收拾，拉过被子来随便一盖。

他已做好了照顾醉酒者的准备，不料秦致远睡得很安静，从头到尾，他只很轻很轻地说了一句对不起。

顾言一夜没睡，精神竟然好得出奇。他当天下午还有工作，所以没回家换衣服，就在酒店的洗手间里梳洗了一下，打电话叫小陈过来接他。

小陈当然不忘八卦一下赵辛的婚礼。

顾言挑些无关紧要的细节跟他说了，聊着聊着，终于犯起困来，不知不觉地在车上睡了过去。到片场的时候正赶上开工，顾言的脸色有些苍白，好在要化那个毁容妆，假伤疤往脸上一贴，什么也都遮住了。

他这天只有一场戏要拍。

他演的那个角色为了救女主角，被敌对阵营的人打成重伤，在茫茫的大雨中倒了下去，再也没有站起来……

顾言以前演的多数是男主角，很少演绎一个人物是如何死去的，所以这场戏NG了好几次。他被人工造出来的雨淋得湿透，一次一次地摔倒在泥水中，弄得满身都是污渍，就算不用补妆也足够落魄了。

偏偏导演的名气大，脾气更大，恨不得把剧本往他身上扔，骂道："大明星，能不能再多给点表情？你到底会不会演戏？"

顾言默不作声。

周围没人说话，但每个人都在盯着他看。

顾言抹一把脸上的雨水，道："再来一遍吧。"

他态度这么好，导演反而生不出气了，咬着牙说："这次再不行就收工算了。"

顿了顿，又道："想象一下你快要死了，而你等待的那个人一直没有来……把这种绝望的心情演出来，会很难吗？"

顾言摇摇头，重新走过去站好了位置。

是啊，有什么难的？

他连更难的戏也已演完了。

大雨再次落下来，水珠哗啦啦地打在顾言身上，隐隐地有些疼。他先是一手撑剑，一手捂着胸口，然后像支持不住似的，缓缓地倒下去，最后终于松开手中的剑，彻底摔倒在了雨水中。

啪啦。

溅起来的水花模糊了他的双眼。

顾言没有试着挪动身体，他知道自己再也站不起来了，但他仍旧拼命地睁大眼睛，幻想着等待的妻子会在下一瞬出现。

他的梦想其实很简单，就是白天赚钱养家，晚上掌勺做饭。

一切只是幻觉。

泪水混着雨水淌下来。

像剧本里写的那样，他就这样悄无声息地、执迷不悟地……等了一辈子。

11

第十一章

分店开张那天，顾言正好过二十九岁生日。

秦致远叫人送了个花篮过去，自己把车停在街对面，远远听见鞭炮声噼里啪啦地响起来，餐厅门口凑热闹的人不少，却独独不见顾言的身影。

不用猜也知道，他肯定是躲在厨房里试吃新菜。

夏季快要进入尾声，天气却还有一丝闷热。秦致远摇下车窗，让夜晚的凉风拂面而过，想象一下顾言此刻忙碌的样子，嘴边不禁微露笑容。

距离赵辛的婚礼已经好几个月了，顾言主演的电影也早就杀青，近期几乎没接什么工作，倒是秦致远跟他的关系变得十分平和。虽然没能修复成从前的知己关系，但偶尔会通一下电话，空了就约出来吃顿饭。

秦致远闭了闭眼睛，看看时间差不多了，就发动车子绕了个弯，开到餐厅的后门口去等着。没过多久，果然看见顾言戴着大墨镜走了出来。

这条街还算冷清，秦致远稍微按两声喇叭，顾言就发现了他的车子，大步走到门边来，问：“今天这么早就下班了？”

秦致远没提他特意空出时间的事，只说：“上车吧，一起吃饭。”

顾言打开车门坐了进去。

秦致远望一眼他空着的双手，奇道："你今天没做蛋糕？"

顾言甩了甩右手，反问道："生日还要自己做蛋糕吗？"

秦致远记得他以前都是亲自动手的，但是这么一说也有道理，便踩一脚油门，笑道："好吧，我知道今晚该去哪里吃饭了。"

他带顾言去了一家很有情调的咖啡馆。

里头的装潢都是走怀旧风的，灯光打得很暗，唱片机里放着经典老歌，别有气氛。秦致远点了他家的火焰蛋糕，蛋糕端上桌后，拿点了火的兰姆酒往上面一浇，整个蛋糕就燃烧起来，在黑暗中闪烁出淡蓝色的火焰，漂亮得令人心动。

火灭后蛋糕的味道也不错，里面还包裹着冰激凌，吃起来凉凉甜甜的，却并不腻人。

虽然口味方面算不上最出色，但要的就是火焰燃烧那一刻的惊喜，秦致远也算有心，选在那个时候说了生日快乐。

顾言边看着火光逐渐熄灭，边跟秦致远道了谢，后来吃蛋糕的时候，眼睛里便一直带着笑意。

秦致远发觉这样的相处也不错。

吃过饭后，秦致远没有让顾言留得太晚，只喝了杯咖啡就把人送回家了。他自己也径直回家睡觉。

他最近修身养性，作息已变得越来越规律了。

明天要是有空的话，或许该去他新开的餐厅捧捧场。

秦致远在这样的念头中沉沉入睡，第二天起来时精神不错，一大早就去了公司。这天工作完成得很顺利，不过临下班的时候，接到了顾言经纪人打来的一个电话。

秦致远对顾言的工作一直很上心，很多都是他亲手安排的，尤其是拍戏这一块，接不接总要先过他这一关，所以经纪人打电话来向他请示，说是有部电影要找顾言当主角。

顾言最近的心思不在拍戏上，几个月里只接了两支广告，秦致远也不想逼他，因此没怎么在意这件事，随口问道："什么电影？"

"是部文艺片。"

"嗯，导演是谁？"

经纪人稍稍犹豫了一下，才开口说出一个名字来："林嘉睿。"

秦致远听得怔了怔。

倒不是这导演默默无闻，而是他实在太过出名了。

这名并非出在他拍的电影如何卖座，而是由于他的身家背景——林氏集团最受宠的小少爷。听说他拍电影完全是为了玩儿，从写剧本到选演员再到定服装定道具，每个细节他都要亲自参与，样样都要合他心意。真正拍起戏来更夸张，要看天气看心情看氛围，有次他为了拍一个日出的镜头，足足在山顶守了一个月。

电影的拍摄周期长得要命，拍出来的片子又极具个人风格，奇的是不少影评人就是欣赏他的作品。

林嘉睿有这么个身份在，脾气自然就有点傲了，圈内人一般都称他做林公子。人人都知道，林公子选演员，从不看对方红不红，只看合不合适。

秦致远从前关系再硬，也没办法让顾言上他的戏，就连个小配角都难。

可是这次……林嘉睿为什么主动找上门来了？

"秦总，"经纪人还在电话那头等指示，"对方的意思是，想跟顾言约时间见个面，具体谈谈片约的事，您看行吗？"

秦致远没有急着答复，想了一想，道：“先问问小顾再说吧。”

“那我这就给顾言打个电话……”

“不用了，我自己跟他说。”

秦致远挂断电话后，整理一下桌上的文件，准时下班离开公司，按计划去了顾言的餐厅吃晚饭。

因为新店开张，这两天正在搞优惠活动，餐厅里的生意火得不得了。顾言便充当服务生给秦致远上了菜，开玩笑道：“秦总下次来记得先预约，否则只好给你安排洗手间旁边的座位了。”

秦致远并不生气，朝他招一招手，道：“坐下来陪我吃点东西。”

顾言嘴里说着好忙好忙，但还是在旁边坐下了，很尽责地介绍了一下菜品。

秦致远一样样尝过去，一律都说好吃，心里却忍不住想，毕竟不及顾言的手艺。不过他现在身份不同了，没资格再叫顾言做菜给他吃。有时想想也觉得遗憾，他竟想不起顾言上一次下厨是什么时候了。

饭吃到一半，秦致远才想起林公子那件事，就顺便跟顾言说了。

顾言在这个圈子里混了这么久，岂会没听说过林嘉睿的大名？但他只知道林公子脾气古怪，一直无缘得见，可从来没想过能演他的戏。

他听秦致远说完后，并没有多少惊讶之情，只是眨一下眼睛，问：“你怎么做到的？”

“嗯？”

“没有出钱出力，怎么帮我接到这份工作的？”

秦致远差点笑场：“这次是人家主动来联系的，我什么也没干。”

“啊……”顾言总算惊讶了一些，随后抛出他那句口头禅，“我是不演配角的。”

"关于这一点，我也专门问过了，对方说让你当男一号。怎么样？你要是有兴趣的话，就跟林导约个时间聊聊吧。"

顾言对电影的兴趣不大，倒是更好奇林嘉睿为什么找他当主演。莫非林公子这次就是需要个花瓶男主角？唔，也不是没可能。

这种千载难逢的机会，何必白白错过？

就算谈不成片约，见一见大名鼎鼎的林公子也是好的。

顾言于是冲秦致远点点头，道："你帮我安排吧。"

他们接着又聊了些别的话题，一顿饭吃得十分愉快。过了几天后，经纪人就帮顾言约好了跟林公子碰面的时间。

地点选在市中心仿古街的一家茶楼里。茶楼临河而筑，从里到外的装修都是古色古香的，踏上窄窄的木质楼梯时，还能听见咯吱咯吱的声响。窗子一打开，就能看见河岸两边柳树的摇曳身姿，下午三四点钟的时候，落下的夕阳把楼房的影子拖得长长的，不知哪处传来咿咿呀呀的江南小曲声。

在这种地方坐着喝茶，仿佛连时光也变得悠闲而漫长了。

顾言提前十分钟到了包房，推开房门一看，发现秦致远早已在里面等着了。他不禁怔了怔，问："怎么是你？经纪人呢？"

秦致远动手给他倒了杯茶，慢条斯理地说："我今天比较闲。"

这番话实在惹人怀疑，不过顾言没有多问，走过去坐下，边喝茶边跟他闲聊起来。

林嘉睿相当守时。

约好了下午三点见面，就真的在钟敲三下的时候推门而入——他生了一张娃娃脸，穿着件半新不旧的T恤，脚下踏一双运动鞋，看起来就像个刚入社会的大学生。但他清秀的脸上没什么表情，眼神冷漠得近乎凛冽，一看就知道傲得很。

秦致远递了名片过去，他只是看一眼就随手放在旁边，简简单单地介绍道：“林嘉睿。”

似乎这三个字就足够代表一切。

事实也的确如此。

轮到顾言自我介绍时，林公子倒是上了心，一直盯着他的脸看，末了突然说一句：“不好意思，冒犯一下。”

然后从自己的位子上站起来，伸手捏住了顾言的下巴。

顾言一时没反应过来。

秦致远脸色微变，马上扣住了他的手腕，问：“林导，你这是干什么？”

林嘉睿根本不理他。

两个人的力气差不多，就这样僵持了好一会儿。

林嘉睿认认真真地端详了一遍顾言的脸，这才松开手坐回去，自言自语道：“跟我想象的差不多，这张脸确实很漂亮。”

顾言揉了揉下巴，还算谦虚的应：“多谢夸奖。”

不料林嘉睿白他一眼，道：“我只是在陈述事实而已，并没有夸奖你。”

“喔，那就多谢批评。”

“你这性格一定很容易得罪人。”

顾言马上就说：“彼此彼此。”

林嘉睿皱了皱眉。他原本只是注意顾言的脸，到了这个时候，才把目光落在顾言这个人身上，看了他几眼后，露出一丝兴味的表情：“不错，有点意思。”

这句话听着让人很不爽。

秦致远清了清嗓子，也倒一杯茶给林嘉睿递过去，适时地开口说道：

“林导，还是谈正经事吧。”

林嘉睿总算收回视线，从包里取出了剧本，道：“我先说一下大致剧情……”

“林导，”顾言伸手接过剧本，“我有个问题想问你。”

“嘘，”林嘉睿竖起食指来摇了摇，冷然道，“不要打断我说话。”

顾言只好闭嘴，朝秦致远使一个眼色——这位林公子还真是不好相处。

秦致远笑一笑，往他杯里添了些茶水。

林嘉睿虽然性格冷淡，但是对拍电影还挺有热情的，非常用心地描绘了他打算拍摄的故事：男主角是个心理医生，他的患者各种各样，每个人都有着稀奇古怪的毛病，而且彼此之间似乎有着某种神秘的联系。男主角为了揭开这个谜团而展开了一场奇诡的冒险……最后真相大白，原来男主角自己才是严重的心理疾病患者，他幻想中的病人，其实是平常接触到的医生、看护、管家、清洁工等。这些所谓的“正常人”，各自有着不为人知的隐秘怪癖，并且在男主角这个“非正常人”眼中一一展现出来。影片的最后一幕，是男主角在现实的黑暗中闭上眼睛，因为沐浴到了虚幻的阳光而露出笑容。

故事算不上特别亮眼，但只要剧本写得好，导演又能好好处理的话，拍出来还是很有味道的。

关键是故事里基本没有女主角，大部分剧情都是通过男主角的视角来发展的，也就是男主角的戏份特别吃重，绝对不是什么花瓶角色。

那么，为什么要找顾言来演？

林嘉睿说完之后，朝顾言比了个手势，道：“好了，你可以提问了。”

一副等着记者发问的大牌架势。

其实顾言的问题只有一个，就是疑惑林公子为什么找他当主演？他仗着秦致远也在，就干脆问了出来。

林嘉睿倒没嫌他啰唆，很爽快地说：“第一，当然是因为你的脸长得够漂亮，很符合我心目中的角色形象。第二，是因为我偶然间看到的一个视频。”

“什么视频？”

林嘉睿没有说话，直接把随身带着的手提电脑取出来放在桌上，开机之后，从文件夹里调出一个视频，按下了播放键。

顾言和秦致远一起凑过去看。

片头曲一响起来，顾言就认出这是《青丝》的预告片。电影早几个月前就已杀青，放映的档期安排在十月份，现在是差不多开始宣传了。

虽说顾言的戏份被删减掉了不少，但宣传时仍旧说的是双主角，所以他在预告片中有不少镜头。其中一幕是他一袭白衣，低着头在凉亭里吹笛子，微风拂乱了他的黑发，他抬手掠过鬓角的时候，近处枝头的花恰恰落下，场面唯美至极。

秦致远看得有点出神。

林嘉睿却连打哈欠，按快进把这一段跳了过去，直到顾言那张毁了容的脸出现后，才重新放慢速度。

配乐越来越缠绵悱恻。

播完了男女主角在湖上泛舟游玩的甜蜜场景，紧接着就出现了顾言撑着剑站在大雨中的那场戏。他衣服破破烂烂的，浑身都被雨淋湿了，脸上的伤痕尤为狰狞，边按着胸口咳嗽，边像用尽了气力般，狼狈不堪地倒在了雨中。

他再没有站起来。

顾言没料到这一段也会出现在预告片里，猝不及防地见到了那样的自己，只觉心脏一下子揪紧了，不由自主地按住右手，轻轻摩挲掌心里的疤痕。

林嘉睿在这个时候按了暂停，对顾言说："其他乏善可陈的就不提了，至少这场戏演得不错。"

顾言迅速调整好情绪，笑说："连脸都看不清楚。"

"偏偏只有这一幕让我印象深刻。"林嘉睿好像挺欣赏顾言当时的表现，又调回去重放了一遍，看着大雨中倒下去的那道身影，道，"别的都不重要，关键是你的表演能不能打动人心。"

秦致远同样看得十分专注。

他看见顾言怎样疲惫不堪地倒在地上，怎样挣扎着想爬起来，最后又怎样绝望地放弃了，任凭雨水打在身上。他脸上沾满了泥污，颊边的伤疤扭曲又可怕，唯有一双眼睛仍是清澈明亮的。

镜头拉近，给了顾言的眼睛一个特写。

泪水从那双乌黑的眼眸里淌出来，混进雨水当中，很快就消失不见了。但他仍旧睁大双眼，直勾勾地望着某处，像那地方正站着他等待的人，而他已经这样望了一生一世。接着镜头一晃，顾言的视线失去了焦点，他眼睛里的光彩渐渐黯淡下去，意味着这个人物的生命已经逝去了。

第十二章

在这夏日闷热的傍晚，秦致远却觉背后泛起了凉意。

电脑上的视频已经播完了，可顾言倒在大雨中的画面，仍旧一遍遍地在眼前回放。秦致远形容不出心里的那种感觉。

接下来就有些魂不守舍，怎么也集中不了精神了。

顾言倒是跟林嘉睿聊得很投缘。两个人唇枪舌剑，时不时就要刺对方一下，不过谁也没有因此动气，到最后反而相视大笑起来。

林嘉睿连笑容都带着点冷意，问："怎么样？顾大明星对这部电影有没有兴趣？"

顾言也不诓他，直言道："老实说，我可能更适合演花瓶类的角色。"

他的演技究竟如何，林嘉睿不会看不出来。但林公子只是挑一下眉毛，屈起手指敲了敲桌面，道："我不管你是本色出演，还是用的演技，甚至完全不会演戏也无所谓，只要能演好我的电影就行了。"

"林导对我这么有信心？"

"错了，我是相信我自己的眼光。"林嘉睿干脆利落地结束了话题，

“你回去好好看一下剧本，然后跟我联系吧。”

那一副谈笑自若的模样，像是确信顾言肯定会接这部戏了。

秦致远虽然坐在边上没发话，却忍不住皱了皱眉，实在对他生不出好感来。

或许是脾气不合的缘故吧，他总觉得这位林公子骄傲得过了头，甚至连那个总是闯祸的秦峰都比他讨人喜欢。

好在林嘉睿晚上还有事，天刚黑就起身先走了。

秦致远跟顾言一起吃了饭，回家的路上就问他道：“你真的打算跟林嘉睿合作？”

“他这个人还挺有趣的，要是剧本写得好的话，确实可以试试看。”

秦致远张了张嘴，后面的话就说不下去了。在工作方面，他一贯给顾言最大的自由，接戏全凭顾言的喜好，现在当然找不出反对的理由。

他有点后悔了。

快到顾言家门口时，秦致远又一次想起大雨中的那幕场景，不知怎么的，脱口问道：“那场戏是什么时候拍的？”

“嗯？哪场戏？”

“就是林公子特意放给我们看的那一段。”

“不记得了，”顾言有些犯困，随口答道，“反正就是前几个月吧，电影快杀青的时候拍的。”

再早几个月，那就还是春天了。

顾言倒在冰冷的雨中，狼狈不堪地挣扎着，流露出那么绝望的眼神……林嘉睿说那表情能打动人心，这点还真没说错，秦致远觉得自己的心也被扯动了，道：“你的演技进步许多。”

顾言失笑：“哪有？那天拍这场戏时，不知 NG 了多少遍，导演都急得骂人了。我前一天晚上正好整夜没睡……”

话说到一半，顾言才发现自己透露了太多信息，忙转头望向窗外。

但秦致远已抓到了重点，追问道：“为什么整夜没睡？”

“没什么，是我记错了。”顾言依然看着窗外。

秦致远比任何人都清楚，顾言演起戏来有多么僵硬不自然，他从来只会演他自己。

所以他在视频中看到的，正是最真实的顾言。

秦致远的手紧紧握住方向盘，连车子开到了顾言家门口都没发觉，继续一路往前开过去。顾言的眼睛虽然望着外面，却也同样没有出声。

不知过了多久，顾言总算开口道：“我到家了。”

秦致远“啊”了一声，好不容易找回自己的声音，突兀地问：“我们现在这样，究竟还算不算是朋友？”

顾言转回头来，撑着下巴笑笑，说：“秦总要是不嫌我高攀的话，应该算吧。”

这番话说得诚恳又平和，要是早几天听见，秦致远一定觉得相当满意，但他现在一点也高兴不起来。

他想肯定是因为天气太热的缘故。

他停下了车子，抬手松一松领带，可是心里依然烦闷得要命。

顾言倒是完全不受影响，他打开车门走了下去，十分平静地跟秦致远道别。

他想起顾言这几个月来一直是这样的态度，偏偏自己到了此刻才察觉。

顾言的身影越走越远，夜风吹动他的衣角，预示着这个夏天快要过去了。

秦致远靠在椅背上休息了一会儿，觉得好累。

他想一定是最近工作太忙、压力太大的关系，他好几个月没有休过假了。没错，明天就给自己安排放假的事，然后随便找个地方去旅行。

等过几个月回来，一切又能恢复正常。

秦致远握了握拳头，再次发动车子。

第二天当然没有实施休假计划，只是在公司里连加了几天班，忍耐再忍耐，忍过一个星期后，终于在某天傍晚去了顾言的餐厅。

他是打着吃饭的名义去的，结果找服务生一问，得知顾言今天根本没有来。他说不出是失望还是松了口气，只觉得天热没胃口，打算随便点几个菜对付过去。

不过位子还没找好，就远远看见有人在朝他招手。

“王小姐？”秦致远立刻摆出温和笑容，大步走了过去，“你也来这边吃饭？”

王雅莉坐在靠窗的角落里，身上穿一袭黑色套装，显然是刚下了班就过来的，笑说：“我男朋友今晚要加班，临时取消了约会。我本来想找顾言那个臭小子的，谁知他正好不在。”

顿了顿，问：“秦先生你呢？”

“我也是一个人。”

王雅莉是个自来熟，马上就说：“那要不要一起吃饭？正好可以多点几道菜。”

边说边把菜单递了过去。

“我很荣幸。”秦致远当然不会拒绝女士的邀请，微笑着在她对面坐了下来。

两个人的口味都很大众化，便点了几道餐厅里的招牌菜。

点完单后，服务生没过多久就上了菜。无论是冷盘还是热炒，味道俱是上佳，但秦致远跟王雅莉一致认为，还是顾言的厨艺更好。

“可惜顾言自己当了老板就变懒了，最近都不肯做菜给我吃。”

秦致远把筷子放一放，斟酌着说：“王小姐，可以向你请教一件事吗？”

“没问题。”王雅莉摇了摇手，十分热络地问，“怎么？要向我咨询法律问题吗？是离婚官司？还是商业罪案？看在我们这么熟的份上，可以给你个优惠价。”

“我想问问……你跟顾言是什么时候认识的？”

“啊？”王雅莉显然对这小问题很失望，道，“顾言没对你提过吗？我们是多年的老邻居，从小在一幢楼里长大，小时候一起放过风筝、抓过蝌蚪、逃过学。”

秦致远稍微想象了一下，接着又问：“他从前是什么样子的？也是这种沉默寡言的性格？”

“嗯，他从小就不爱说话，别人都在外头玩的时候，他一个人躲屋子里面看书。做菜这个爱好倒是很早就有了，我记得第一次吃到他做的菜，是在……”

王雅莉跟顾言的性格正相反，一开了口就能滔滔不绝地说下去，秦致远便也津津有味地听着。他以前对顾言的过去并不关心，说是好友，但多数时间是顾言在哄他开心。可如今却坐在顾言开的店里，跟一个并不熟悉的女人聊着关于他的一切。

他不知自己是中了什么邪，即使只是些无聊小事，一旦跟顾言相关，他就听得格外认真。

“顾言做什么事都很有计划，总是目标明确，我还以为他肯定能当厨师的，谁知后来出了那件事……”

“什么事？”

“就是他爸生意失败，欠了一大笔钱啊。从那以后我就没再见过他的家人了，听说是逃到国外去避债了。顾言一个人留了下来，又要赚钱还债，那段日子肯定过得很辛苦。偏偏他又爱逞强，换了住址换了电话，等到自己的境况好转起来，才跟我们这些老朋友联系。”

秦致远隐约知道顾言的梦想没成，是因为家中出了变故，但直到现在才了解来龙去脉，回想起他吃过的那些苦头，不禁叹道：“他从来没提过这些事。”

王雅莉点点头，道：“他就是这样的性格，越重要的东西，越要藏得严严实实的，不给别人知道。”

她想了一想，又打了一个比方：“就好像平常吃东西，顾言看起来什么都吃，一点也不挑食，其实他总爱把不喜欢的先吃了，把真正喜欢的留到最后。”

“真的？”秦致远常约顾言吃饭，却从没注意过这个小细节。

“不信的话，你下次可以抢走他留在盘子里的食物，说要帮他吃掉，看看他是个什么表情。”

秦致远觉得这做法太傻气了，问：“王小姐该不会这么干过吧？”

“哈哈，”王雅莉爽朗地大笑起来，“我这也是给他一个教训啊。喜欢的东西要是不牢牢抓紧，很快就会被别人抢走的。”

秦致远听了这句话，顿觉心中颇受触动，刚想开口说点什么，就见王雅莉看着窗外叫道：“顾言总算回来了。”

秦致远循声望去，只见窗外街灯闪烁，顾言穿了件简单的白T恤，刚从一辆豪车上下来，正跟坐在车内的林嘉睿道别。

秦致远心中一动，不由得紧盯住窗外那道身影，维持住脸上的笑容。

林公子并未久留，隔着车窗跟顾言说了几句话，就叫司机开车走了。

顾言又在外头站了一会儿，才推开门走进餐厅里。他忘了戴墨镜，被几个小女生认了出来，热情地缠着他要签名。他只好跟人家寒暄了几句，签了名又合了影，然后继续朝里面走。

王雅莉一见面就开口抱怨："臭小子，你怎么这么晚才回来？"

顾言先跟秦致远打了个招呼，接着苦笑道："大小姐，我工作也是很忙的，下次要找我记得先预约。"

"在忙工作？"秦致远望他一眼，道，"关于电影合约的事，公司会帮你谈的。"

"跟导演打好关系，应该也算工作的一部分吧？"

"难得见你对哪部戏这么上心。"

"嗯，这次的电影很有意思。"

秦致远的脸色肯定不会太好看，偏偏顾言这么会察言观色的人，竟像没有发觉似的，笑着在王雅莉身边坐了下来，道："今天这顿算我的。"

"当然应该你请客。"王雅莉倒了杯水给他，道，"别以为我不知道你是在工作还是在玩，之前打电话给你的时候，你明明是在电影院里！"

顾言虽然被当场揭穿了，却一点也不觉尴尬，只装出一副无奈的样子，连声道："是是是，我明天还约了人一起爬山呢，大小姐你要不要跟过去监督？"

他说这番话的时候，连眼角也没往旁边瞟一瞟。

秦致远却不由自主地皱起了眉头

可能是他的表情太奇怪，连王雅莉都忍不住盯着他看，问："秦先生，你没事吧？怎么一直皱着眉头？"

"没什么，"秦致远忙回她一抹微笑，"只是有点累了。"

顾言在旁边慢悠悠地喝着水，道："累的话就早点回去休息吧，本来时间也不早了。"

——普通熟人式的关心。

跟顾言从前说话的语气大不相同。他以前遇上这种状况，总要想办法刺秦致远一下，嘲讽他爱拿工作当借口。

秦致远反而更怀念那样的顾言。

他是真的觉得倦了，但又坐在那里不肯动。

他不知道自己今天为什么要来，他这态度却只会让自己生气。

秦致远还没离开，顾言倒先站了起来，道："我厨房里还有点事，先过去看一下，你们慢慢聊。"

秦致远眼看着他从身边走过，有些茫然若失。

或许是他的脸色太难看，王雅莉一个劲地催他回家休息。他原本还想再等等顾言的，可惜顾言躲在厨房里不出来，他最后没有办法，只得开车先走了。

回到公寓的时候其实也不算太晚。

楼下的邮箱里有寄给他的一封信，秦致远取出来后进了电梯，在灯光下一照，信封上的字迹十分潦草，只写了他的姓名和地址，没有写寄信人。

他心里正想着别的事，想得头都开始痛了，便没有细想，一进家门就拆开了信封。

里面什么都没有，只有一张光盘。

秦致远也没有多想，随手打开电视，把光盘塞进影碟机里，自己在沙发上坐了下来。

电视上先没出现画面，只有一阵沙沙的声响。

秦致远还在想顾言的事。

画面逐渐清晰起来，展现了优美的竹林风光。

秦致远依然想着顾言的事。

镜头一转，顾言漂亮的脸孔突然出现在电视屏幕上。

秦致远看见顾言一身古装打扮，在竹林中穿梭来去，身姿十分潇洒。

秦致远的记忆回笼，想起他曾经在片场看过这一幕。是顾言去年演的那部古装剧，外景戏还是特意跑去 A 市拍的，电视上这一场戏正是整部剧的高潮部分。

他知道接下来会怎么演。

顾言临时改了剧本，但是演得相当精彩，他当初看到的时候，只觉胸口像被狠狠撞了一下。所以他让导演重拍了这场戏，把之前的版本剪辑下来，他打算留作私人收藏。后来就出了那场可怕的车祸，他几乎忘记了这件事，根本没想到导演会把光盘寄过来。

更加想不到……他会在毫无预兆的情况下重看这一幕。

屏幕上的顾言手持长剑，慢慢抬起头来。

13

第十三章

《青丝》快要上映了。

顾言这几天在几个城市间飞来飞去，到处忙着宣传的事。新电影的合约也谈得差不多了，只差一些小细节还要敲定，他于是抽一天空去拍了定妆照。

秦致远消息灵通，拍照的时候也到了现场。数日不见，他依然是西装革履、风度翩翩，只不过精神稍差一些，看起来像是睡眠不足的样子。

顾言站在朋友的立场关心了他一下。

秦致远先是道了谢，接着又说了一句完全不相关的话："我家的影碟机坏了。"

"啊？"

"所以我换了一台新的，最近看了不少电影和电视剧。"说罢，一口气报出了一长串影视剧的片名。

顾言听得怔了怔，只觉这些名字十分耳熟。

隔一会儿才想起来，秦致远提到的全是他曾经参演过的电影或电视剧。有几部片名比较陌生的剧，连他自己都不记得在里面演了什么角色，估计是出场没几次的小龙套。也不知秦致远是从哪里翻出来的，又为什么要背给他听？

顾言想了想，故意避开了这个话题："秦总工作这么忙，还是少熬点夜，早些休息比较好。"

"虽然看了不少狗血无聊的言情剧，但是这个时间花得很值得。"秦致远笑了笑。

"戏都是演出来的，没有多少参考价值。"

"可是你在演戏的时候，肯定也会投入感情。"

顾言一时不知该怎么接话。

恰好造型师已经到位了，正喊他过去换装，他便趁机结束了这次谈话，转身走进了化妆室。

因为新电影是现代剧，化起妆来不像古装剧那么麻烦，顾言只是修了一下头发，把刘海剪得更短一些，露出乌黑的眼睛和光洁的额头，然后再换上白大褂，戴上一副无框眼镜，基本上就算完成了。

相当简单的造型，但是效果却好得出奇。

本来一身白衣就很适合顾言冷峻的气质，尤其是戴上眼镜后，非但没有遮掩住他的美貌，反而使那种美变得深沉而内敛起来，像是经过打磨的玉石，看似低调沉静，却又隐隐透出一种凛冽的锋芒。

灯光往他身上一打，耀眼得令人移不开目光。

几个年纪轻点的女孩子纷纷大叫好帅，连摄影师都忍不住赞了几句，只有林嘉睿无动于衷，抱着手臂站在一边，简单地朝顾言竖了竖拇指。

顾言很有默契地回他一个笑容。

秦致远把这一幕尽收眼底，他不得不承认，林公子果然是好眼光，顾言现在这个造型，确实很贴合剧本中的人物形象。

这一组照片拍完后，顾言又换了另外几套衣服。工作进行得很顺利，不过等到收工时，已经是当天下午了。

秦致远饿着肚子在旁边等着，一等顾言卸完妆，就走上去道："一起吃午饭吧。"

"不好意思，我今天恐怕抽不出空。"

"怎么？我现在找你吃饭，也需要提前预约了吗？"

顾言还没说话，林嘉睿已先走了过来，问："还在忙？"

"没有，收拾完东西就可以走了，难得请林导吃饭，我当然不会失约。"顾言说完，又看了看秦致远，问，"秦总你说是吧？"

秦致远被他噎了一下，还真没办法反驳。为了维持形象，他只好咽下了这口气，眼睁睁看着顾言跟林嘉睿一起走了出去。

林公子从不开车。按照他的说法，要么有司机接送，要么靠两条腿走路，反正他自己是绝不会开车的，索性连驾照也没有考。所以这天一块儿吃饭，就由顾言暂代司机一职。

车子开出去没多久，两人就都发现了后面有辆车在跟着。

顾言眨了眨眼睛，假装没有看见，林嘉睿便也识趣地一字未提，只是向他推荐了市中心的一家餐厅。

到了目的地后，刚坐下没多久，秦致远就跟着推门而入。他没有走上来搭话，只是找了个离得不远的位置坐下了，从他的角度望过来，正好可以看见顾言的背影。

顾言一次也没有回头。

"这附近有个画展，吃完饭陪我去看看吧。"

顾言有些为难地说："老实说，我这个人没什么艺术细胞。"

林嘉睿难得笑起来，道："这跟懂不懂艺术没关系，美的东西就是美的。"

顾言反正没有其他事情，便点头答应了。

吃完饭后仍是顾言开车，而秦致远的车子也仍旧不屈不挠地跟了过来。顾言真要怀疑这个人是不是冒充的了，永远完美无瑕的秦致远，怎么会干出如此反常的事？

林嘉睿回头看了几次，懒洋洋地说："看来有人跟我们心有灵犀，也打算去看那个画展。"

顾言不知如何解释才好，尽量一语带过："我跟秦总有点小误会……所以……"

"我明白。"

林嘉睿在这个圈子里混了这么久，还有什么猜不到的？他没有表现出好奇心，仅是淡漠地笑一笑，抬眼瞧着窗外的风景，道："这世上的人多半如此，你热情如火的时候他们冷酷无情，等你变得冷酷起来了，他们又恋恋不舍。"

这番话说得挺有道理。

不过听着更像是经验之谈。顾言忍不住朝林嘉睿望了望，见他一副若无其事的表情，实在猜不透他到底是热情的那个人，还是冷酷的那个人？

林公子对任何事都兴致缺缺，只热衷于他的电影事业，因而这个话题到此就告一段落了。两人接着有一句没一句地闲聊了会儿，不多时就到了美术馆。因为不是节假日，来看画展的人并不是很多，灯光打在各式各样的画作上，有一种冷冷清清的味道。

顾言安静地往前走，一件件展品看过去，很喜欢其中的一些人物像，用色大胆明丽，相当吸引眼球。

林嘉睿却在一幅风景画前驻足良久。

画面描绘的是水天一色的瑰丽场景，近处海浪接天，远处碧空如洗，背景处隐约可见悬崖峭壁，崖顶建着一幢洋房，正透出淡淡的橘黄色灯光。因为只有寥寥几笔，所以也分辨不出这光芒到底是真是幻。

林嘉睿全神贯注地凝视着这幅画，仿佛进入了那奇诡壮丽的画面中，又仿佛沉浸在一段隐秘的回忆里。如果不是在公共场合，他说不定会当场落下眼泪。

过了许久，他才收敛情绪，回头对顾言笑了笑，道："大自然的美真是令人敬畏。"

顾言立刻表示赞同。

但他心中却想，这幅画背后想必是有些故事的。

不过林嘉睿没有多问他的事，他当然也不会去问人家的隐私，只是继续边走边看。走到一个光线较暗的转角处时，突然就撞见了秦致远。

秦致远像怕他逃走了似的，一把就拽住他的胳膊，压低声音道："我们聊一聊。"

他这么锲而不舍地追上来，顾言就是想躲也躲不开，何况他本来也没有避着秦致远的意思，便道："我一会儿还要送林导回去，不如约晚上？"

"只怕你们看完了画展，待会儿还要共进晚餐。"

顾言一听就笑了，道："我只答应请他吃一顿饭而已，或者接下来的晚餐……秦总愿意买单？"

他仅仅是说笑罢了，不料秦致远竟然当真了，一本正经地说："可以。"

顾言愕然："你不必回公司上班？"

"我今天来看你拍照，当然早就请好假了。"

秦致远理所当然地应了一句，直接拉着顾言去找林嘉睿，把晚饭的事情给定下了。

林嘉睿闹不懂他们在玩什么把戏，不过反正他是白吃白喝的那一个，自然不会有意见。吃完晚饭后，他也没要顾言送，自己悠悠闲闲地走路回家了。

因为这个缘故，秦致远对他的好感度增加不少，立刻把他提升到跟秦峰同一等级了。

秋夜的风略带凉意。

秦致远跟顾言走在河边的林荫道上。

顾言没有出声，安安静静地跟着秦致远往前走，并不急着问他要聊些什么。

两个人在河边走了一圈又一圈，都在等着对方先说话，最后走到夜深人静了，秦致远才开口说一句："你跟林嘉睿的关系不错。"

"只是一起吃过几顿饭，很普通的朋友而已。"

"所有人都是普通朋友？"

"难道不好吗？"

秦致远皱了皱眉，道："你非得用这种语气跟我说话吗？"

"不然呢？要换成哪种口吻？"顾言觉得好笑，自嘲道。

顾言也不打算解释什么，柔声道："看太多电视剧对身体不好，你要是有空的话，还是早点回家休息吧。"

这一次仍旧是他转身先走。

秦致远记不清这是第几次望着顾言离去的身影了。他这么怕冷的人，现在却独自走在秋夜的凉风里，背影潇潇洒洒的，绝不回头。

秦致远请了假，在家里休息了好几天。

他没有生什么病，就是懒洋洋地不想动。

秦致远暂时不去找顾言了。

不过工作还是要继续的。

他的假期总共也只有那么几天，结束后依然要西装笔挺地去上班，忙那些永远也忙不完的工作。

他甚至还抽空跟秦峰吃了一顿饭。

由于年初的绯闻事件，秦峰被老爷子拎回家好好教训了一顿，老实了大半年。最近管教一松懈下来，他就又开始动花花肠子了，一心一意地追求那个叫白薇薇的女明星。为了帮她拿下一支广告代言，还特意跑来找秦致远帮忙。

秦致远对这个同父异母的弟弟向来没什么好感，但他把好哥哥的形象扮演得很完美，除了某次生气，狠狠揍了秦峰一拳外，大部分时候都是有求必应，把他宠得越骄纵越好。

这次也是一样，秦峰稍微提了几句，秦致远就答应出力了。当然作为一个称职的哥哥，他也不忘提醒道："你年纪也不小了，平常有空就多干点正经事，别整天追着那些小明星跑。年初的事闹得还不够大吗？"

"不过是传点绯闻罢了，有什么大不了的？"提到这件事，不可避免地就要提到顾言，而一提到顾言，秦峰就变得脸红脖子粗，"说来说去，都怪那个姓顾的不识好歹，再加上媒体胡编乱造，才搞出那么多事来。"

不识好歹这个词听着十分刺耳。

秦致远眸色一沉，把面前的水杯递过去，道："洗一下你的嘴。"

可能是他的语气太过生硬，秦峰愣了好一会儿才回过神，道："哥，我记得你上次生气也是为了那个姓顾的，你该不会是真的拿他当朋友吧？一个小明星而已，配吗？要是被爸知道了……哈哈。"

秦峰扯了扯嘴角，幸灾乐祸地笑起来。

秦致远便也跟着笑，笑容温和亲切，斯文无害，直笑到秦峰心底发毛，才用那双黑沉沉的眼睛望向他。

秦少爷平常虽然嚣张得很，可一到他哥面前就没了气势，只敢在心底腹诽几句。

秦致远依然谈笑风生。

但这顿饭毕竟变了味道，两个人吃着都觉得没意思，早早散了。

一回家就接到了医院打来的电话。是他出车祸时住的私立医院，在业内是以服务一流著称的，有时还会对患者进行回访。

因此秦致远接到电话时并不意外，意外的是对方找的人竟然是顾言。他愣了一下才想起，车祸时顾言还住在他家里，当时除了留过手机号码外，还留了他家的电话。

“顾言已经从这里搬出去了，找他有什么事吗？”

“是这样的，顾先生最近几个月没有来医院复诊，他预约的几次治疗也都错过了，而且近期总是打不通他的电话。”

听到“医院”“复诊”这几个字眼，秦致远恍了一下神，总觉得有些心慌，忙道：“啊，他换手机号码了，我可以帮忙联系他。”

顿了顿，问出了心中的疑惑：“他是生了什么病？要在你们医院治病？”

“请问您是？”

秦致远怕对方不肯透露顾言的情况，便撒了个小谎：“我是他的家属。”

“您不知道吗？顾先生因为车祸受了伤。”电话那头的甜美女声响起来，一字一字地像敲在秦致远的心上，“他右手的伤还没痊愈，需要接受长期治疗。”

14

第十四章

秦致远不记得自己是怎么挂断电话的。

他好像又问了一些关于顾言手伤的情况，但在电话里怎么说得清楚？最后只好把电话挂了。他呆呆地坐在床头，觉得脑海里一片空白，隔了很长一段时间，才能把刚听到的消息组合起来。

顾言的手在车祸中受了伤。

这个他当然知道，他记得是右臂骨折再加上手掌被树枝穿了过去。

顾言的伤还没痊愈，需要接受长期治疗。

不，不可能！

他从昏迷中醒来后，特意找医生问过顾言的伤势，结果被告知只是轻伤，连顾言自己都笑着说不要紧。至少跟赵辛相比，那样的伤确实算不上严重。后来顾言伤愈出院时，也是他亲自去把人接回来的。

只不过是伤了右手……右手……

顾言做菜的右手！

秦致远眼皮一跳，猛地从床边坐起来，背后微微渗出冷汗。

顾言有多久没下厨做菜了？

他实在记不清了。

好像……正是从车祸那时候开始的。

秦致远努力地回忆一些细节，想起顾言跟自己说话时，偶尔会下意识地握住右手。他以为那只是无关紧要的小动作，他从来没有认真琢磨过，这样的动作意味着什么。

秦致远感觉房间里闷得厉害。

他走过去打开了窗户，想借此让自己镇定下来，结果当然是毫无效果。他心里乱成一团，不得不扑过去拿起手机，拨通了顾言的号码。

顾言已经关机了。

秦致远看了看墙上的钟，才发现时间已到半夜，他只能等明天了。

这样的夜晚格外难熬。

秦致远在床上翻来覆去，想到顾言很少提起自己的事，为数不多的几次提起时，他也只说曾经有过怎样的一个梦想。他吃了那么多苦头，受了那么多委屈，却依然坚持不变的梦。

如果顾言以后再也不能做菜了……

秦致远不敢想下去。

他第二天早上是被噩梦惊醒的，醒来后不记得具体的梦境。他急着给顾言打电话，不料仍是关机，后来找经纪人问了，才知道林嘉睿的新电影已经很低调地开机了，顾言估计是在拍戏，所以手机一直关着。

秦致远这时总算冷静了不少，知道不该去打扰顾言工作，所以直接开车去了他的餐厅。他找所有人问了一遍，得到的答案全都一样：自从车祸以后，顾言虽然会进厨房，却再没有亲自下厨了。

事实如此明显，还有什么好疑惑的？

是该怪顾言隐藏得太深，对这件事提也不提？为了给赵辛治病，他特意联系了国外的专家，还请了几个月的假陪他出国看病。可是对顾言呢？他只当顾言的伤早就痊愈，并不知道还留下了后遗症。他甚至……一次也没有好好看过顾言掌心里的伤疤。

秦致远当天下午就去了一趟医院。

顾言的主治医生是个胖胖的中年人，鼻梁上架一副眼镜，相当和蔼的样子。秦致远为了打听到顾言的真实情况，不得不再一次冒充顾言的家属，说自己是他的表哥。由于当初发生车祸时，他跟顾言是一起送进这家医院的，所以对方完全没有怀疑他的说辞。

医生翻出病历，很尽责地解释了一下顾言的病情，虽然用到了几个医学名词，但总结起来的中心思想只有一个：顾言的手伤并不严重，但因为伤到了一些神经，想要彻底恢复是不可能了，只能通过物理治疗和复健，尽量达到让患者满意的程度。

秦致远早有心理准备，但听完后还是觉得嘴里发苦，追问道："真的没有办法了？"

"理论上说是无法完全治愈的。"医生推了推眼镜，道，"其实患者的复原情况很好，右手的基本功能都已恢复，一般是不必继续治疗了。不过顾先生的情况比较特殊，他说自己是当厨师的，他还要……"

"还要拿菜刀。"秦致远把后面半句话说了出来，发现自己的声音沙哑得陌生。

"嗯，要达到这种程度就比较困难了，毕竟他的手掌被树枝穿透，后来缝了好几针。"医生摇了摇头，感慨道，"右臂都骨折了还要去挡树枝，就算患者当时是为了救人，这么干也太乱来了。"

救人？！

车祸的事情过去这么久，秦致远还是头一回听人提到这个词。他整颗心都拎了起来，连声问："什么挡树枝？什么救人？顾言当时是为了救谁？"

他语气太过激动，医生听得愣了愣，奇怪地望他一眼，道："我又不在车祸现场，怎么可能知道得这么详细？何况时间都过去了这么久，也可能是我记岔了。"

顿了顿，小声嘀咕道："我记得有个病人提到过挡树枝这一段，说他救了一个人，边说还边笑呢，也不知是不是你的表弟。"

边说边笑？

就像他每次去探病，顾言都笑着说没事一样？

顾言总是把最重要的事藏在心底。他哪里是没演技？分明是演技太过出色了，好得足以骗过任何人。

秦致远心跳加快。他把医生的话和顾言的伤联系起来，隐约猜得到发生过什么事，但是不敢想得太深入。这两天里他受到了太多冲击，连腿都有些发软，站也站不住。

医生倒是很负责，接着又跟他聊了聊顾言右手的伤，最后说："还是让你表弟继续接受治疗吧，这种伤只能花时间慢慢治，就算不能彻底痊愈，也能恢复个八九成。"

秦致远道了谢，走出医院的时候，简直算得上失魂落魄。

那场车祸也是他的心结。

事情发生后，他尽量不去回想当时的场景，现在却不得不想一想了。其实在现场的也就这么几个人，司机跟赵辛伤得最严重，他的运气稍微好一点，只是被砸晕了过去，然后就是右手受伤的顾言和……张奇？

秦致远太久没想起这个名字，印象中连他的长相都已经模糊了，但他可能是知道真相的人。反正时间还早，秦致远便找人问了张奇的地址，直接开车过去了。

张奇近来过得挺落魄的。

他也是受了那场车祸的连累，知道的事情太多，难免就显得碍眼了，秦致远几乎没再管过他。他本身也没大红大紫过，不过是个刚出道的小歌星，不发专辑不上电视，很快就被观众遗忘了，只能偶尔在综艺节目上露露脸。

张奇住在一间半新不旧的公寓里，地方虽然小，但是收拾得很整洁。他走出来开门的时候，身上穿了一件老式的运动衫，毕竟是年轻，完全不经修饰的样子也是好看的，而且经历过一些事后，看上去比从前沉稳很多。

张奇见到秦致远时，明显愣了愣："秦总，你怎么来了？"

"嗯，有些事想问问你。"秦致远来得很突然，一点不像他平常的作风，但他心里正翻江倒海，完全无法理会这些。

他只等着一个答案。

看是让他的心安定下来，还是就此沉得更深。

所以被张奇让进屋里后，他连客套话也懒得多说，开门见山地问起了去年的那场车祸。

张奇低头回忆了一下，道："很多事情我都记不清了。"

"没关系，记得多少说多少。"

张奇也是个聪明人，知道哪些话该说，哪些话不该说。他绝口没提赵辛的名字，只道："那天都快半夜了，我原本正看着窗外，突然就听见轰的一声，好像是车子打了滑，往路边的树上撞过去了，然后就看见言哥被甩过来压在我身上。"

秦致远也记得这一段，当时副驾驶的位置比较危险，而他就坐在那后面，所以马上推了顾言一把，接着就朝赵辛扑过去。他也听到了轰隆隆的巨响声，像是有什么东西要压下来，但他很快就失去了意识。

他不想听张奇啰唆，挑重点问道："我晕过去之后，发生了什么事情？"

"被撞断的树干砸了下来，把车顶都压得变了形，尤其是秦总你们那个位置，有树枝……"

"怎么样？"

"有树枝压下来，差点伤到秦总你的眼睛，言哥就用自己的手去挡。他的手掌一下就被穿透了，血流得到处都是，可他就是死抓着不肯放手……"张奇说到这里，仿佛想起了那个血淋淋的画面，情不自禁地打了个冷战。

秦致远觉得一股钻心的刺痛蹿上来。

他连忙抬手按住自己的眉心，问："后来呢？"

"后来救护车就来了。"

"过了多久来的？"

"也没等太久。"

秦致远直直盯着他看。

张奇立刻心虚起来，老老实实地答道："那天下着雨，撞车的地方又偏僻，估计等了二十几分钟。"

秦致远无法想象那个场景。

在扭曲变形的车子里，顾言同样奋不顾身地扑过来救他。

秦致远在张奇家的沙发上坐了半刻钟。

张奇见他不说话，便也小心翼翼地不敢出声，只是往杯子里添了些茶水。

秦致远深吸一口气，慢慢喝完了这杯茶，然后站起身来，和颜悦色地说：“今天真是麻烦你了。”

“啊……不会，”张奇也跟着站起来，问，“秦总要不要留下来吃饭？”

“不用了。”秦致远伸手拍了拍他的肩膀，道，“有空就给你的经纪人打个电话吧。我记得你很久没接新工作了，整天这么闲在家里，很快就会被观众忘掉的。”

张奇怔了一下才明白他的意思，眼睛里立刻亮起了光。年轻的面孔再配上甜甜的笑容，相当赏心悦目。

但秦致远只觉得奇怪，以前怎么会认为他像顾言呢？

实在差得太远了。

秦致远出了张奇家的门，才卸下脸上伪装的笑容，一步步走回自己的车里。天色早就暗下来了，他错过了吃晚饭的时间，却一点也不觉得饿，只是不可抑制地想起某个人。

或许再也吃不到那个人做的菜了。

他直接开车去了顾言的家。

但是并没有上楼去敲门，只是坐在车子里给顾言打了个电话。顾言这回总算开机了，铃声响过两次后就接起电话，很简单地“喂”了一声。

这熟悉的嗓音让秦致远突然说不出话。他隔着车窗望住眼前的公寓大楼，在一扇扇窗户中寻找顾言的房间。

顾言又喂了几声，问：“找我有事吗？”

秦致远终于找到了顾言房间的窗子，橘黄色的灯光从窗内透出来，看上去既温暖又舒适——这样才像是家的样子。

只差一点点，就能得到这一切了。

秦致远疲倦地靠在椅背上，将手机紧贴在耳边，倾听着顾言说话的声音，自己却怎么也开不了口。

顾言渐渐安静下来，同样不再出声了。

电话里只传来浅浅的呼吸声。

秦致远想起有一段时间，顾言去 A 市拍戏的时候，两人几乎每天都会通一个电话。

秦致远仿佛回到了那个时候，简直以为一生也要这样过去了。

然而顾言突然开口道：“要是没什么事，我就先挂电话了。”

秦致远被拉回到现实里，急切地叫：“顾言！”

“嗯？”

“我今天去了趟医院，医生说你很久没去治疗右手了。”

顾言“啊”了一声，道：“最近抽不出空，一不留神就忘了。”

“我还去找过张奇，问了他关于车祸的事，知道你是为了救我才受伤的……你为什么从来没有提？”

顾言静了静。

他原本大可以说“没有机会提”或是“提了也没用”，无论怎样的嘲讽秦致远都能接受，可他偏是大大方方地说：“只是手上留了个疤而已，不是什么要紧事，反正我的手本来就不好看。”

顾言在电话那头低低地笑：“嗯，至少不及你的眼睛好看。”

秦致远反而比他更激动：“但自从车祸之后，你就没有亲自下过厨了，你的手可能再也不能……”

顾言飞快地打断了他的话：“你听说这个消息后，心里是怎么想的？愧疚？感激？还是觉得我的梦想不能实现了，一定很可怜？如果是这些的话，大可以省一省了。”

“顾言……”

“不如猜猜我是怎么想的吧。”顾言仍是那样笑着，柔声道，“我当时只有一个念头，就是谢天谢地。”

秦致远浑身一震，一下抓紧了手中的电话。

顾言总是将自己的情绪藏在心底，半点不给别人知晓。如今时过境迁，反而能坦率地说出口了。

然后他就跟秦致远道了晚安。

秦致远听着电话里嘟嘟的忙音声，看见顾言房间里的灯也跟着熄灭了，无论怎样睁大眼睛，也只能看见一片漆黑。他没有再拨顾言的电话，只是坐在车里休息了一会儿，就回了自己家。房子里冷冷清清的，像酒店房间似的，一点人气也没有，重新装修过的豪华厨房尤其显眼。

这还是出车祸前装好的，秦致远曾经想象过顾言在里面做菜的样子，他现在却什么也不去想了，仅是脱下西装，慢吞吞地挽起衬衫袖子，一样一样地把厨房里的东西给砸了。

他是无可救药的完美主义者。

他扮演了三十几年的好儿子、好哥哥。

但他却一而再，再而三地为了顾言形象尽失。

秦致远即使在砸东西的时候，也表现得专注又平静，再加上屋子的隔音效果良好，并没有在三更半夜里闹出太大的动静。他把整个厨房弄得一塌糊涂后，缓缓坐倒在那一堆废墟中。

如果那时候没发生车祸，他就不会打碎他的梦想。

15 第十五章

早上七点三十分，秦致远准时打好了领带。

他穿整套的深色西装，头发梳理得一丝不乱，神情自若地走过重新装修好的厨房，推开家门走了出去。公司离得不算太远，虽然遇上早高峰的堵车时段，但不到八点半，他就已经坐在了自己的办公室里。

一早就有个高层主管的会议要开。

秦致远整理了一下手边的资料，临开会之前，又找秘书确认了一遍今天的行程，确定他下午可以请三个小时的假。

秘书虽已被他问了好几遍，但仍旧保持专业水准，认认真真地答："是的，半个月前就帮您安排好了，无论会议还是饭局都已经推掉了，绝对不会发生意外状况。"

顿了顿，那一点点好奇心冒出来，很不专业地嘀咕一句："不知什么约会这么重要？"

"不是约会。"秦致远并不生气，只是笑了笑，说，"不过确实很重要。"

然后不再多做解释，取过桌上的文件夹，大步朝会议室走去。

开会所花的时间比他预想的略长一些。

真正空闲下来的时候，午休都快过去了。秦致远怕又遇上堵车高峰，连午饭也没吃，就在超市里买了个面包，直接开车去了医院。

赶到目的地时，顾言早就在候诊室等着了。

他戴一副大大的墨镜，身上的衣服穿得比较单薄，正拿着手机玩儿游戏，一见秦致远就怔住了，问："你怎么来了？"

秦致远走过去坐到他身边，反问道："我不能来吗？"

顾言那部新电影正在紧张的拍摄阶段，昨天刚从外景地回来，不由得哈欠连连，道："你都已经帮我预约好复诊的时间了，用不着专门过来陪我。"

"不好好看着你，怕你又忘记治疗。"

顾言听得笑起来："最近工作不忙吗？又快到年底了，现在应该是公司最忙的时候吧？"

"忙工作只是借口，一个人要想空下来，怎么会抽不出时间？"秦致远的双手慢慢交叠，十分自然地说，"只看这件事或这个人，值不值得他花费时间。"

顾言听得一愣，惊讶地挑了挑眉："终于承认你以前都用工作当借口了？奇怪，今天怎么变得这么老实？"

秦致远抬眼望着他，温言道："我只是突然发现，把自己的真心话说出来，原来也没有这么可怕。"

这句话颇具深意。

顾言想了一想，很想张嘴说点什么，可惜护士恰好在这时叫到了他的号。他只好摘下墨镜，朝秦致远挥了挥手，起身走进了诊疗室。

顾言接受治疗的时候，秦致远把路上买的面包给吃了，安安静静地在外面等着。他前段时间那么慌乱无措，是因为害怕会失去顾言。

现在反而不怕了。

因为他悄悄让顾言搬了个位置，把他藏进心底最安全的角落里，谁也抢不走。

时间过得飞快，只是一晃眼的工夫，就见顾言揉着右手走了出来。秦致远忙收拾好东西迎了上去。他反正隔两天还要来医院，所以没问顾言的具体情况，只是说："下次的治疗时间我也预约好了，正好是你拍戏的空档，到时候打电话给你。"

顾言觉得压力有点大，秦致远对他的行程了如指掌，他可不知道秦致远什么时候要开会。于是边走边说："其实你要感谢我的话，直接给钱我也不介意的，用不着这么麻烦。"

"嗯，"秦致远相当赞同他的观点，"如果只是感激，用钱就能解决了。"

他的视线落在顾言身上，声音低得只有自己能够听见："但是有些东西，不是用钱能换的。"

"什么？"顾言一时没听清楚。

秦致远便道："晚上一起吃饭？"

"还是改天吧，我今天困得不行，想早点回去睡觉。"

"好，我送你回家。"

秦致远很体贴地把人送到家门口，看着顾言上楼后，又在楼下等了一会儿才开车离开。他转头回公司处理了一些事情，直到天色完全暗下来后，才下班回了自己家。

他没吃晚饭也没叫外卖，只是拉开冰箱门，从塞得满满的食材中找了几样出来，拿到厨房里照着菜谱仔细研究。然后洗了手，挽起袖子，拿起菜刀，以一副上战场的姿态……折腾那些锅碗瓢盆。

这是他最近新养成的习惯，不管工作多忙，晚饭总要自己动手来做。

只是秦致远发现厨艺也要靠天赋，像他就完全没有这方面的细胞，明明每个步骤都照着菜谱上写的来做了，放多少油盐酱醋也都精准无比，偏偏最后的成品连他自己都难以下咽。

理所当然地，今晚的尝试又失败了。

秦致远一口一口地把难吃的饭菜咽了下去，稍微有一点灰心。

按现在这个进度，何年何月才能做出拿得出手的饭菜？他自己随便吃吃也就算了，总不能让顾言也跟着食物中毒吧？

他边想边叹气，吃到一半就放下了筷子，取过旁边的手机，给相熟的朋友打了个电话："喂，是我……嗯，帮我报个烹饪速成班，越快越好……没什么，跟美食节目没关系，就是……"

后面那句话说出来有些丢脸，但秦致远提起的时候，情不自禁地放柔了声音："就只是……我想学而已。"

他不知道怎么做好一道菜。

更加不知道怎么对一个人好。

秦致远在砸掉厨房的那个夜晚迈出了第一步。前方道路曲折，说不定会摔上不少跟头，但他已认准了顾言的背影，并且会一心一意地往前走。

他报的那个烹饪速成班果然有些效果，抽空去了几次之后，厨艺虽然没有突飞猛进，但是在烹饪老师的指点下，从最简单的菜色入手学起，做出来的东西总算可以下咽了。

秦致远不敢在这方面玩什么花样，就专门学了一个萝卜炖排骨，回家天天练，从刚开始的手忙脚乱，到后来的逐渐熟悉各个步骤，折腾了小半个月，才觉得可以拿着成品去见顾言了。

因为年关将近，公司里大大小小的事情不断，秦致远好不容易才空下午休时间，跑去顾言的剧组探班。

顾言最近也不轻松，电影的拍摄进入瓶颈阶段，林嘉睿总说找不到感觉，拍来拍去都无法让他满意。他从来不摔本子发脾气，始终是那一副冰冷淡漠的模样，只是一遍遍跟顾言说剧情，一遍遍叫他改进，完全不管要浪费多少人力物力。

顾言算是明白林公子为什么如此出名了，跟他合作过的演员，就算再怎么花瓶，也总要被他磨出一些演技来。

秦致远过来找他的时候，顾言正在休息室里背台词，一抬头就见眼前多出了一只塑料袋。

“帮我试一下味道。”秦致远微笑着把东西递过去。

顾言顺手接了过来，从塑料袋里取出保温瓶，旋开盖子看了看，对着里面还热乎的排骨汤眨眼睛：“这是什么意思？”

秦致远找了一个他不会拒绝的理由：“正在策划新节目，跟美食方面相关的，想听听你的意见。”

“美食节目不是只要摆摆样子就好了吗？难道还要追求口感？”

“为了确保真实性，会安排观众试吃的环节。”

顾言想想也有道理，便先舀了一匙汤喝，结果刚吃进嘴里，他脸上的表情就有一秒钟的停顿。

秦致远在旁边问：“味道怎么样？”

顾言又多尝了几口，转头看秦致远一眼，问：“这个汤是谁做的？”

“暂时需要保密，你只要提供意见就行了。”

秦致远都这么说了，顾言当然也不客气，边吃边说：“排骨切得太大了，萝卜炖得有点烂，还有就是姜丝放太多了……上节目的时候要是给观众试这种菜，保证收视率破纪录。嗯，是最低的那个记录。”

秦致远听得笑起来，取出手提电脑，把他说的话一一记录下来，还不时提几个问题，功课做得十分认真，不知道的人恐怕真以为他是在为美食节目做调研。

午休时间很快就过去了。

秦致远怕打扰顾言工作，没有留得太久，跟他闲聊几句后就告辞了。临走前还不忘说一句："今天真是多谢你了，过几天可能还要麻烦你试菜。"

顾言送他到门边，像是不经意地说："菜真是做得很难吃。"

"嗯。"

"你一定完全照着菜谱来，连放多少盐都精准无比吧？"

秦致远吃了一惊，奇道："你怎么知道？"

话说出口后，才发觉自己落入了圈套。

顾言拼命忍笑，道："要表现的话，下次记得在手上贴几个创可贴，这样更有效果。"

秦致远虽被调侃了一番，但丝毫也不动气，只是微笑着跟顾言道了别。等到下次再送菜过去的时候，他手指上还真贴了块胶布。

顾言差点笑翻，花了好大的劲才忍住了，把秦致远辛苦做的红烧肉给吃了，然后一本正经地提了不少意见。

秦致远同样一字不漏地记录下来，边打字边说："今年快要过完了。"

"是啊，这一年好像过得特别快。"

"三十一号那天，公司有个跨年酒会，你去不去参加？"

"啊，的确听经纪人提过。"顾言想了想自己的时间安排，反问，"可以请假吗？"

"你可以，但我不行。"秦致远说这句话的时候，眼睛一直盯着顾言看，言下之意，就是想约他一起跨年。

顾言怎么会不明白他的意思？却并没有直接回答，只是瞧了瞧秦致远的手指，问："那个伤是真的还是假的？"

秦致远勾一勾嘴角，很爽快地答："假的。"

顾言反而不信他了，伸过胳膊去抓秦致远的手。

秦致远反手一抓，就将顾言的手牢牢扣住了，望着掌心那丑陋的疤痕。

顾言的右手不受控制地颤抖起来。

秦致远却抓得更紧，低头仔细看着那道伤痕，用眼睛细致地描绘出它的形状，低声说："我并不是在表现什么。"

"嗯？"

"即使味道很糟糕，我也想让你尝一尝我做的菜，只是这样而已。"

他只是想给顾言看一看他的真心。

顾言接不接受是一回事，而他做不做又是另外一回事。

顾言也明白这个道理，所以并未抱怨秦致远折磨他的胃，只慢慢把自己的手抽了回来，道："酒会的事看情况吧，抽得出空我就去。"

有这句话就已足够了。

秦致远接下来几天没再提过这件事，一方面是因为工作忙，一方面也是不想给顾言压力，只隔三岔五地发条短信过去，提醒他多穿些衣服。

转眼到了三十一号那天。

公司例行的跨年酒会办得很盛大，不少圈内名流都到了，再加上一些生意上的合作伙伴，酒店富丽堂皇的大厅内觥筹交错、热闹非凡。

秦致远身为主办方，方方面面的小细节都要照顾到，光是打招呼就笑到嘴酸了。还动不动就被人拉去灌酒，走来走去地忙活了一个晚上，偶尔才能停下来歇一歇。他一有空就四处寻找顾言的身影，可惜既看到了骄傲如孔雀的秦峰，也看到了因接到新工作而容光焕发的张奇，就是等不到顾言出现。

秦致远到后面就有点心不在焉，时不时朝门口望上几眼。他一个人游离在这热闹的酒会之外，多少有些清冷落寞，回想一下顾言当时的回答，忍不住给他发了条短信。

顾言始终没有回复，直到十二点差五分的时候，才打了个电话过来。电话那头夹杂着喧闹的杂音，使顾言的声音听起来有些模糊："不好意思，我好像赶不及了。"

秦致远愣一下，说不遗憾是假的，但仍是笑说："没关系，反正只是图个形式罢了，错过了今年，还会有明年。"

顾言"嗯"了一声，道："都怪林导不肯放人，这种日子还要跑去拍什么夕阳，直到天黑才收工，回来的路上又正好堵车……"

"那你现在到家了吗？还是在半路上？"

顾言安静了一会儿，道："我在酒店楼下。"

"什么？"

"不过电梯出了点问题，一直卡在十楼下不来。我记得公司的酒会是在二十楼的大厅吧？估计赶不过去了。"

秦致远听到这里，立刻喊道："你站在那里别动，我马上就来。"

"啊？"顾言怔了怔，道，"你该不会想走楼梯吧？二十层呢。"

这时离跨年只差三分钟，大厅里的灯光突然暗下来，引发一片尖叫声。

秦致远的回答被这声音盖了过去，等顾言再次听到他说话时，已能听见走下楼梯的急促脚步声了。

楼道里光线昏暗，秦致远走得又急，都顾不上去数自己走了几层楼，只急切地迈下台阶，一心想见顾言一面。不知走到第几层时，外边终于敲响了十二点的钟声，然后就听顾言带着鼻音在他耳边说：“新年快乐。”

秦致远蓦地顿住脚步。

绚烂的烟花在夜空中炸裂开来，五彩的光芒照亮了原本幽暗的楼道，顾言就站在距离他几步之遥的地方，正握着手机对他笑，眼睛里同样映出了光。

秦致远突然说不出话了，眼看顾言踩着烟花声往上走。直到十二下钟声全部敲完了，他才回过神来，开口问：“我们是上楼还是下楼？”

“先休息一会儿吧，走得有点累了。”顾言边说边挂断电话，在楼梯间里坐了下来。

秦致远便也坐到他身旁，道：“不知这里是哪一层？”

“忘记数了。”顾言抬头望向窗外，慢悠悠地说，“但只要走对了路，最后总能相遇。”

烟花还在继续燃放。

透过一旁的飘窗，能看见夜空中瑰丽的景象。

他们一个在楼上，一个在楼下。唯有彼此都迈出脚步，走过那么多台阶，经过那么多黑暗，才能换来此时此刻的相遇。

很简单的一回事。

但秦致远想到这里，只觉得荡气回肠。

等到窗外的声响逐渐微弱下去，顾言才回头笑说：“我刚才进酒店的时候，看见你家小白兔搂着一个女人上了车。他今天的打扮不错。”

秦致远一开始没弄明白小白兔是谁，听到最后那个形容词才恍然大悟，真不知该哭该笑：“你怎么总是想着我弟弟？”

顾言反问：“他为什么一见我就躲？”

“他毕竟又大了一岁，也该成熟些了，知道什么人可以招惹，什么人不该招惹。”

“喔？不是因为被他哥教训过了？”

秦致远这回可不上他的当，转而说起另一个话题：“要坐在这里等日出吗？”

顾言连忙摆手：“等个夕阳就累死人了，我可吃不消。”

“那我早点送你回家吧。”

“不必去楼上露个脸吗？”

“没关系，已经过完十二点，也差不多该散了。”

“你下楼之前，我怎么听到一片叫声？”

秦致远笑起来，道：“是每年的惯例，十二点前会暗灯。”

“啊，我想起来了，这个时候可以趁机偷香窃玉……”顾言是真的困了，说着说着，就靠在墙边打起瞌睡来。

“新年快乐。”

顾言不记得自己当晚是怎么回家的。

清醒过来的时候，已经躺在了自家柔软舒适的大床上，而秦致远的西装还在他手里，揉成了皱巴巴的一团。他抬眼望了望窗外的天色，猜测时间已近中午了，可是懒洋洋的不想起来，反而把那件西装揉得更皱，又睡了一会儿。

直到门铃响起来，顾言才掀开被子，胡乱套了件衣服在身上，大步走过去开门。

门外的秦致远已换过了一套西装，仍是衣冠楚楚的样子，将那个熟悉的保温瓶塞进他手里，道：“我猜你还没吃午饭，所以来送外卖。”

顾言很自然地接下了，道：“进来一起吃？”

“不用了，还得回公司上班。”

“这么忙？连今天也没休假？”

“嗯，趁这段时间忙完了，春节的时候才能多放几天假。”

秦致远没说春节假期有什么计划，顾言便也没问，只道：“你的西装被我弄皱了，我下午送干洗店，过两天拿去还你吧。”

“OK。”

顾言跟秦致远道别后，回头就把那件皱得要命的西装披在了身上，然后打开保温瓶，慢慢享用他一个人的午餐。

这样的悠闲时光也只不过短短一天而已。

隔天顾言就被林嘉睿叫回了片场继续折腾。一场戏重拍了好几遍，林公子挑剔来挑剔去的，就是觉得不满意，最后干脆让大家收工回家，自己拉着顾言去外面闲逛。他也不要顾言开车，只把人拖上了路旁的公车，从起点站一直坐到终点站，绕着整个城市兜了个大圈子。

冬日的暖阳透过窗子照在身上，晃得人昏昏欲睡，林嘉睿一句关于电影的话也没提，仅是随口说道：“别总想着怎么去演好一个角色，多看一看你眼中的这个世界。”

顾言没有出声，半眯起眼睛来，安静地看夕阳从车窗外落下去。

接下来几天拍戏时，突然就顺畅了很多。

林嘉睿心情大好，虽然没有表现在冷漠的脸孔上，但说的话明显比平常多一些。中午顾言在休息室里吃秦致远送来的饺子时，他也凑过来看了几眼，道：“看不出来，某人还会下厨。”

顾言笑笑，道：“可惜做的菜还差点火候。”

“那你怎么吃得津津有味的？”

顾言拿筷子夹了只饺子扬一扬，很大方地问：“要不要尝尝？”

林嘉睿也不客气，张嘴就一口咬下了，不过刚吃进嘴里，脸上的表情就骤然一变。好不容易咽下去后，更是急着找水喝，边咳嗽边说：“这是什么饺子？怎么一股酒味？”

“大概是拌肉馅的时候黄酒放太多了，从皮到馅都透着这股味道。”顾言照旧一只一只地往嘴里送，道，“这个大概算酒心饺子？嗯，还挺有创意的。”

林嘉睿眼见他神色如常，把一盒怪味饺子都快吃完了，脸上难得露出佩服的表情，道：“我算知道什么是真粉了。”

顾言没接这句话，细嚼慢咽地吃下了最后一只饺子，然后取出手机来，认真写了几条改进意见，把短信发给了秦致远。

过了不到五分钟，电话铃声就响了起来。

顾言只当是秦致远打来的，接通后笑着“喂”了一声，不料电话那头却传来一道陌生的嗓音：“请问是顾言顾先生吗？”

顾言先前没注意来电号码，这时也懒得再去翻了，应道：“嗯，是我。”

“不好意思，冒昧打扰了，我是秦先生的秘书。我们老板想约您出来见个面，不知顾先生有没有空？”

顾言怔了一会儿，反问：“哪位秦先生？”

那陌生嗓音报出了一个并不陌生的名字。

顾言早料到这个秦先生不会是指秦致远，但真听到秦劲两个字时，还是惊讶了一下，半晌才道：“当然有空。”

他想了想最近的工作安排，跟电话那头的秘书约好了时间，挂断电话后，握着手机把玩了许久。

秦致远很快就回复了先前那条短信，先是虚心接受意见，表明以后会继续努力，接着又问他下次想吃什么菜。

顾言回了一个红烧茄子，绝口没提那位秦先生的事。他跟秦致远认识好些年了，从来也没见过这位花名在外的秦先生，如今怎么突然要约他见面了？

是因为秦致远往片场跑得太勤了？

还是秦峰跑去打了小报告？

总而言之，肯定不会是为了工作。

顾言转了转手机，大致猜得到秦劲约他见面是为了什么。秦致远一心跟他这样的小明星交朋友，秦家的老爷子怎么会坐视不理？

只不知他会使出什么手段来。

是威逼？还是利诱？

真伤脑筋，这么老套的剧情，现在连狗血剧也不爱拍了。

16

第十六章

但剧本都已送到了跟前，顾言不得不演。

他跟秘书约好的时间是下周三，年底诸事忙碌，他既要顾着店里的生意，又有几个颁奖礼要参加，只有那天能抽出空来。在那之前，他当然是该吃就吃该睡就睡，心情丝毫没受影响。

秦致远倒是很积极地去超市买了茄子，回家倒腾一番后，没过几天就把红烧茄子送了过来。这道菜卖相看着还不错，味道虽然不及酒心饺子那么刺激，但也绝对算不上可口。

林嘉睿在旁边看得直摇头，顾言照旧一点不剩地吃完了，然后写了一大段评语发给秦致远。

秦致远当时来不及回复，到了晚上就打了电话给顾言，问："最近电影拍得怎么样？"

"还行，挺顺利的。"

"林导什么时候给你放假？很久没跟你一起吃饭了。"

顾言想起周三的那个约会，不禁低笑起来："你约晚了，过年前都没空了。”

“怎么？已经有约了？”

“保密。”

秦致远并不追问，语气温和地说：“年后有时间吧？一天都没有？”

顾言不敢把话说得太满，只道：“到时候看情况。”

转眼就到了周三。

顾言原本以为是去喝茶的，没想到秦老爷子还很新潮，约他在一家咖啡馆里见面。他想着对方毕竟是长辈，不敢表现得太失礼，所以特意选了身正式的西装穿着，又提前十分钟去了约定的地点。

谁知秦劲比他到得更早。

顾言远远望过去的时候，还以为见到了秦致远——同样西装笔挺，模样斯文，唇边挂着温文尔雅的微笑，一见顾言就站起来欠了欠身，很客气地称他作“顾先生”。态度礼貌而又疏离，一点没有高高在上的架子，但是能让人清楚感觉到两人之间的距离。

顾言算是知道秦致远的脾气性格遗传自谁了，只不过秦劲表现得更优雅更自然，仿佛他天生就是这么一派翩然风度，丝毫不觉矫揉造作。他的年纪当然已经不轻了，两鬓微微斑白，反而更添成熟魅力。

就算他两个儿子加起来，也及不上他的一半。

顾言在秦劲对面坐定了，稍微有点走神，只觉这次没有白走一趟。

秦劲并不心急，等到顾言点了咖啡之后，才从容不迫地开口说道：“我看过你演的电影。”

顾言连忙谦虚道：“可惜我演技不好。”

“十月份上映的那部《青丝》拍得不错，你在里面虽然不是主角，但是令人印象深刻。恕我直言，你现在的人气虽然不差，但还算不上大红大紫。”

“想红可没那么容易。”

“不错，既需要实力，也需要机遇。”秦劲慢条斯理地喝了一口咖啡，道，“顾先生本身是个可造之才，只是还欠缺一些机遇，只要能抓住时机，将来未必不能成为巨星。”

顾言觉得这个时候该笑一笑了，道：“秦先生究竟想跟我说什么？还是直说吧。”

秦劲便不再拐弯抹角，直言道：“我常听我儿子提起你。”

“秦致远？”

“秦峰。”

顾言“哦”了一声，也算是在意料之中。三十一号那晚在酒店遇见时，秦峰看他的眼神就十分古怪，估计是恨他恨得牙痒了。

“我这两个儿子的性格都随我，所以不论他们怎么胡闹，我基本上都睁一只眼闭一只眼。但是……”秦劲话锋一转，牢牢望住顾言，“他们的任何行为，都该符合自己的身份。”

“怎样才算不符合身份？”顾言问，“比如，跟一个小明星交朋友？”

秦劲赞赏道：“顾先生是个聪明人。”

“秦先生的意思是？”

“你如果愿意的话，我可以保证，你以后将要得到的，会远远大于现在所失去的。”

秦劲说得很含蓄，但跟他先前的开场白联系起来一想，顾言很容易就理解了其中的意思。他发现秦家人还真是大方，只要他肯跟秦致远断交，当老子的就答应送他一个大好前程。

不过顾言更在意另外一件事。

这时咖啡已经送上来了，顾言端起杯子尝了一口，问：“秦先生是不是觉得，用钱可以买到一切？”

“我只是认为，每个人都有他的价值。”秦劲算是默认了，他语调轻柔，笑起来的样子让人如沐春风。

顾言也跟着笑了笑，连声道：“我非常赞同秦先生的意见。我以前跟秦总认识的时候，是因为没有抓对时机，没有适合的人。”

秦劲挑了挑眉。

“我现在已经找到那个人了。”

秦劲露出惊讶的神色。

“我跟那个人一见如故。”

秦劲的笑容有点僵硬。

“我要是早点遇见他，当然不稀罕巴结他儿子。”

秦劲的脸色开始发青。

“既然秦先生觉得每个人都有价码，用钱就能解决一切，那真是再好不过了。”顾言倾身向前，视线在秦劲身上转了几圈，笑眯眯地说，“花多少钱才能跟秦先生你结交？秦先生开个价吧，我签支票给你。”

话音落后，秦劲还没反应过来，隔壁桌已先有人被水呛到了。

顾言听这声音十分耳熟，站起来探身一看，果然看到秦致远坐在那里咳嗽。他虽然略觉惊讶，但脸上没有表现出来，只是笑问：“秦总怎么也在？”

“刚好路过，就顺便进来坐坐。”秦致远还在咳嗽，一边说一边朝顾言使眼色。

可惜顾言重新坐了回去，对秦劲道：“秦先生不必急着回答，多考虑一下也没问题，我向来很有耐心。”

秦致远终于忍不下去了，从隔壁桌绕了过来，径直挡在顾言身前，道："爸，关于这件事情，该跟你好好谈一谈的人是我，没必要把顾言牵扯进来。"

可怜秦劲到这时才回过神，强忍着没有发作，但嗓音多少有些变调了："你都这么向着他了，他还是普通员工吗？"

"我能理解身为一个父亲的苦心，但我的立场同样很明确。"秦致远的右手背到身后去，不着痕迹地护住顾言，语气平静地说，"我随时愿意跟你讨论这个问题，不过，前提是你能抽空回一趟家。"

也亏得秦劲修养好，听完这番话后还能心平气和地喝了一口咖啡，摆摆手道："好吧。"

秦致远松一口气，生怕顾言又说出什么石破天惊的话来，连忙把他从座位上拉了起来，小声说："我们先走。"

顾言倒没有反对，只是朝秦劲笑一笑，不紧不慢地说："那我先失陪了，今天这杯咖啡就让我请吧。秦先生要是考虑好了，可以打电话联络我。"

说到最后一个字时，已经被秦致远拉到了门口。

顾言顺手买了单，走出咖啡馆后，隔着玻璃窗看见秦劲在那里皱眉头。

唔，就连皱眉的样子也是赏心悦目。

顾言想到这里，忍不住瞧了瞧身边的秦致远，问："你今天怎么会来？有人给你通风报信？"

"我要是连这点小事都打听不到，岂不是白活三十几年了？不过还好我提前得到消息，一早在咖啡馆里等着了，不然……"秦致远叹道："你非要这么得罪人不可吗？"

"怎么会？我一贯尊老爱幼。"

秦致远哭笑不得："尊老就是气我爸，爱幼就是欺负我弟弟，顾言，你真了不起。"

"我还没见过你妈呢。"

秦致远瞪大了眼睛盯住他看。

顾言怕他误会，急忙解释道："别担心，我对女士向来很有风度。"

秦致远真不知该气该笑，有点怀疑自己刚才要是没跳出来阻止，顾言会不会真的跟自家老爹交朋友？想想都出了一身冷汗，道："我爸那边的事我会解决的，你以后别再跟他见面了。"

"嗯，我不主动就是了。"

这句话说了等于没说，秦致远不得不问："你好像……很欣赏他？"

顾言没有正面回答，只是说："你跟他长得很像。"

"当然。"

顾言挑起眼睛看向秦致远，嘴角边露出一点笑意，压低声音说："再过二十年……"

"什么？"

"算了，没什么。"

顾言虽然开了个头，后面的话却不再说下去了，只是那么笑啊笑，嘴里轻轻哼起了歌，心情很好的样子。

秦致远好像什么也不明白，又好像稍微明白了一些，心底一阵激荡。

因为是周三下午，街上行人不多。秦致远只恨这条路太短了些，没多久就走到了头，幸好顾言今天有空，正可以跟他一起吃饭。

帮顾言开车门的时候，秦致远突然凑到他耳边去，轻轻说一句："会有那一天的。"

顾言怔了怔，但笑不语。

这顿饭是在外面吃的，顾言的胃总算不必再受折磨，因此吃得还算畅快。

不过越近年关，两人就越是忙碌，秦致远又要应付自家老爹，连那些味道古怪的菜也没办法给顾言送来了。他们谁也料不到，再次见面竟然是因为一桩花边新闻。

——顾言跟林嘉睿被人偷拍，照片还上了八卦杂志。照片拍得挺好，是两人坐公车出门时，林嘉睿在冬日的暖阳下打瞌睡。

这杂志上午一出来，秦致远中午就抽了空跑来找顾言，原本是想好好解释一番的，不料到了片场一看，顾言正跟林嘉睿一起翻看八卦杂志，对着那张偷拍的照片比画来比画去的，兴致勃勃地讨论谁更上镜。

秦致远看得好笑，走过去把杂志抢了过来，对着上面的照片比一比，相当认真地说："嗯，还是真人最好看。"

林嘉睿知情识趣，马上就借故走开了。

秦致远便顺势霸占了他的位置，坐到顾言身边去，低头翻看一下杂志上的内容，道："我没想到他会出这一招。"

这个他指的是谁，他们两人都心知肚明。

"我估计他原本是想在事业上打压你的，不过你本来就没再接新工作了，所以只好找点八卦新闻出来闹一闹。这次是我疏忽了，下次再出这种话题，我会想办法压下去的，尽量不影响你的形象……"

"不要紧，反正林导也没放在心上，还说正好可以给电影做宣传。反而是你自己那边，压力会比较大吧？"

秦致远没承认也没否认，道："我跟我爸谈过一次，可惜他有意采取避重就轻的政策，一直在跟我打太极。"

顾言眨一眨眼睛，半真半假地问："或者让我去试试？如果我能成为你爸的忘年交，岂不是皆大欢喜了？”

秦致远不管是真是假，立刻扼杀了他这个念头：“想都别想！”

要真来个忘年交，那他成什么了？大侄子？

顾言听后笑个不停。

秦致远等他笑够了，才抬手松了松领带，沉声道：“其实我也不是没有撒手锏，只是没走到最后一步，不想拿出来对付我爸。”

“那就不要用。那是生你养你的人，不论他是支持还是反对，你对他的态度都该始终如一。”

秦致远心中一动。他想到顾言从不提起自己的家人。他们当初为了避债，抛下顾言逃去了国外，后来呢？还有再联系过吗？

他猜想这是顾言心中的一个结。

秦致远没有主动去问，他等着顾言自己开口说出来。就像顾言期待他二十年后的模样一般，他也期待着……一点点了解顾言。

秦致远不想跟自家老爹对着来，秦劲却是步步紧逼，隔了没几天，顾言又上了八卦杂志，暗指他是在贴着林公子炒作。

林嘉睿虽然没当一回事，顾言却有些焦头烂额，不得不面对各路媒体的采访。

杂志再怎么胡编乱造也有限度，网上的流言才更要命，真真假假的说法一大堆，还把顾言糟糕的演技跟他每次都演主角的事实结合起来，直指他是靠后台才上位的，长篇大论分析得头头是道。

顾言演了这么多年的戏，一直要红不红的，倒因为这件事火了一把。他自己对那些流言不太在意，随便看看也就算了，反而是秦致远比较担心，以前是每天打个电话，现在则是天天往他家里跑，下班再晚也要来见他一面。

这天工作完成得还算顺利，秦致远不到八点就下了班，匆匆赶过来敲开了顾言家的门。

顾言正在沙发上看电视，开门后先朝四下里望了望，然后才让秦致远进了门，道："最近有记者在我家楼下守着，你当心明天也上头条。"

"我正求之不得。"秦致远给自己倒了杯茶，在沙发上坐下来，道："本来也不至于闹得这么厉害，只因为扯上了林公子，记者才更加盯着不放。"

顾言心想，也不排除有人暗中推波助澜，但仍旧点头道："不错，林公子身份特殊，当然更引人注目。"

秦致远为了这件事心烦意乱，顾言越是温言软语，他就越是不舍，不由得靠在沙发背上，使劲按了按眉心。

"累了就早点回家休息，用不着天天过来陪我。"顾言说着，想往他杯子里添一些茶，自己的手机却先响了起来。

秦致远听出这是短信的声音，抬眼看过去，只见顾言低头摆弄了一下手机，看过几眼后，随手扔到了旁边。他接着就继续倒茶，倒完了给秦致远一递，自然而然地甩了甩右手，用左手轻轻按住掌心。

这一个细微的动作并未逃过秦致远的眼睛。

他最近越来越了解顾言了，只是看到这里，心中就知有异，顿时倦意全消，问："出什么事了？"

"嗯？"

"刚才的短信……有问题？"

"没有啊。"

顾言面色如常，却急着去拿自己的手机，秦致远的动作比他更快，一把夺了过来，唰唰几下点开了短信。

入眼的是几张照片。

顾言的照片。

秦致远只看一眼，就觉得眉心突突直跳。

第十七章

照片上的顾言看起来还很年轻，不过二十来岁的样子，面容十分青涩。脸孔虽然漂亮，但是眼神涣散、双颊晕红。看背景是在某个私人聚会上，他身边的男男女女也是差不多的状态，照片越往下翻，越是不堪入目……

秦致远记得第一次见到顾言时，他也是这么一副狼狈模样，跌跌撞撞地从酒店房间逃出来，正好撞上了他。

不知这些照片是当时拍的？还是更早之前？

顾言毕竟是公众人物，现在又正处于风口浪尖，这些照片要是传出去，顾言就毁了。

秦致远想到这里，差点拿不住那只手机，但他只是闭了闭眼睛，很快就冷静下来，低头去翻发来短信的号码。

顾言眼看瞒不过去，便也跟着他一起看了看，道："是个陌生号码。"

秦致远点点头，仔细回忆一下，确实是没有见过的号码。

"别担心，对方应该只是给我个警告，让我离某人远一点而已。不然的话，直接把照片传到网上就行了，用不着特意发给我看。"顾言拍了拍秦致远的手，又取回手机来，一张照片一张照片地翻过去，笑说："不觉得我现在的身材比过去好多了吗？"

就算是这种时候，秦致远也被他逗得笑出来："也对，从前瘦得要命，现在长胖了不少。"

顾言听了还挺得意的，道："干脆我去拍个写真集吧？正好跟这些照片做个对比。"

秦致远见他言笑自若，句句话都是在安抚自己，心里说不出是个什么滋味。过了好一会儿，他才慢慢调整好情绪，道："我去阳台上打个电话。"

"好啊。"

"把手机上的照片删了。"

"咦？我想留着欣赏也不行？"

秦致远不理他，一把拿过手机，三两下把照片删了个干净，然后才松开双臂，站起身来朝阳台走去。他头一个电话就打给了自家老爹。

秦劲向来敢作敢当，但被秦致远问起照片的事，他竟然一口否认了。

秦致远还不相信，追问道："真的跟你无关？"

"一提到这个顾言，你就沉不住气。"秦劲在电话那头笑笑，道，"除我之外，他难道就不会得罪其他人？"

秦致远一时还真想不出来。

秦劲可能是心情不错，好心提醒道："林嘉睿在林家是最得宠的，现在事情闹得这么大，他家里人会放着不管？"

秦致远这才恍然大悟。

他原本就觉得奇怪，即使要传顾言的八卦，也多得是各种人选，为什么非要扯上林公子？如今才明白其中的道理。

林家现在掌权的，是林嘉睿最小的一个叔叔，听说他年轻时不学无术，整天跟些流氓混在一起，气得林家老爷子把他赶出了家门。后来也不知怎么回事，几年后竟风风光光地回来了，还夺了林氏公司的大权。不过他流氓的习性不改，在商场上也是横行无忌，连赴个饭局都要带着小弟。

秦劲自重身份，就算看顾言不顺眼，也不可能使出下三烂的手段。那姓林的可不一样，要是把他惹毛了，什么事情都干得出来。

秦劲就是知道这一点，才故意说顾言贴着林嘉睿炒作。

好一招借刀杀人。

偏偏秦劲还要装好人，在电话那头劝道："你肯现在低头的话，我还来得及摆平这件事，否则照片要是被发到了网上，我也爱莫能助了。"

秦致远硬生生把一口气咽了下去，客客气气地跟他说了再见，挂断电话后就直皱眉头。不能怪别人算计功夫好，只能怪他自己太粗心。

这件事他也没打算对顾言说，只怕说了之后，顾言非但不当一回事，还要拍手称赞秦劲有本事。

秦致远一个人在阳台上站了会儿，然后走回还在看电视的顾言身边，随手关了电视机，道："时间不早了，你早点睡觉吧。"

"啊？"顾言呆了呆，说，"现在还不到十点。"

"睡觉。"

秦致远等他睡得沉了，才伸手关掉旁边的壁灯，轻手轻脚地走出门去。时间已经不早了，但他并没有回家休息，而是掏出手机又打了个电话。

这次挂断之后，他脸上的温和表情消失不见，取而代之的是前所未有的坚定眼神。

秦致远从未像现在这么清醒过。

秦致远直到第三天清晨才出现。

当时天色还没完全亮起来，顾言正在床上睡得蒙蒙眬眬，被外头的敲门声吵了许久，才拖拖拉拉爬起来开门。结果房门一开，就看见秦致远靠在门框上，身上穿着前天的那套西装，一双眼睛熬得通红，下巴上冒出了青色胡茬，走近些还能闻到淡淡酒味。

顾言乍然见了，不禁吓了一跳，问："怎么这副样子？你多久没睡过了？"

秦致远迈步跨进门来，低声说："照片的事已经解决了。"

顾言"哦"了一声，倒是不觉得惊讶，反而不无遗憾地问："那我是不是没有拍写真集的机会了？"

秦致远连笑一笑的力气也没有了，只是靠在墙边，道："借你的床给我躺一躺。"

顾言这才正经起来，收拾了玩笑的心情，扶他进去。

秦致远闭了眼睛就往床上倒。

秦致远半梦半醒，顾言却是睡意全无，问他道："你这两天都没睡过？"

"也不是，只是睡得比平常少一点。"

"不过是几张照片而已，其实用不着费这么大的力气。"

"这件事是因我而起的，当然要由我来摆平。"秦致远不愿多谈这个，道，"跟我聊些别的吧。"

"聊什么？"

"随便什么都好，唱个催眠曲也行。"

顾言哈哈大笑，笑完了又安静下来，一句话也没说，转头看向窗外。

秦致远只当他不想说话，等得都快睡着了，才听那带着鼻音的嗓轻轻响起来："我那时候刚满二十岁。"

秦致远心里一跳，就算再怎么想睡，听到这句话也完全清醒了。但他没有出声打断顾言，只是在旁边静静听着。

“我爸的生意失败之前，我还以为人生就该是一帆风顺的，每天好吃好睡，想得最多的就是将来怎么当上大厨……谁知道后来的某一天，突然间天翻地覆了。一家人东躲西藏，可永远也躲不开追债的人，有一段时间，我最怕的就是半夜里响起敲门声，因为这意味着我们又要搬家了……”

“然后呢？你家里人就抛下你跑去国外了？”

“是王雅莉告诉你的？”顾摇了摇头，道，“错了，不是我被抛下，而是他们没办法带我一起走。”

秦致远不知道这两者有何差别。

顾言接着说道：“为了还债，我当然没办法继续上学了，打工赚来的钱也是杯水车薪。就在最落魄的时候，我认识了一个人。”

顾言边说边报出了一个名字。

秦致远听得直皱眉。这人的名字并不陌生，在圈子里也算小有名气，为了控制手底下的艺人，经常会使一些不入流的手段。

顾言认识了他，还会有什么好日子过？

“我当时急着赚钱，别人说什么就信什么，那个人说娱乐圈来钱最快，我就傻乎乎地一脚踏进去了……”顾言说到这里，竟然笑了一笑，道，“嗯，结果也确实如此，只要你肯放下身段。”

他对顾言的过去并非一无所知，就算从来不提，多少也总能猜到一些，但现在听顾言这么轻描淡写地说出来，嘴里不可抑制的泛起了苦味。

顾言并非生来就刀枪不入、天下无敌，只不过他把自己的伤口藏得太深太深，连看都不让别人看一眼。

“还没说完？”

“接下来才是高潮部分。你也知道我的脾气，以前真是倔得要命，连假笑都不会，所以吃得苦头也特别多。直到有一天……”顾言闭了闭眼睛，像在回忆那些不为人知的过往，嗓音低沉得近乎沙哑，“有个人朝我伸出了手。跟我说要学会怎么笑。”

秦致远当然知道那个人是谁。

他心里一阵酸楚，说不出是苦是甜，只是叫：“顾言……”

顾言原本一直望着窗外，直到这时才慢慢转回来跟秦致远对视。他眼底泛过层层涟漪，那是一种化茧成蝶的眼神，轻声问：“正因为有过去那个顾言，所以才会有现在这个顾言，你说是不是？”

秦致远说不出话，半晌才道：“但我并没有救你于水深火热，我只不过是伸了伸手。”

顾言微笑起来，道：“这样已非常足够。”

顾言陪秦致远聊了两个钟头，直到时间过了八点半，再拖下去林大导演可能要发飙了。

秦致远有些不满地咕哝一声，但实在睁不开眼睛来，翻了个身陷入熟睡。

顾言起身去厨房，煮了锅皮蛋瘦肉粥，又配了两道清淡的小菜。出门前摸出手机来看了看，短信箱里空荡荡的，什么乱七八糟的东西都已被删光了，他从头到尾也没问秦致远是如何解决照片问题的。

就像他从来也不回头去看曾经走过的路。

偶尔停一停脚步，才发现双脚早就鲜血淋漓。

可是有什么关系呢？

那是他自己流下的血。

顾言闭着眼睛吸一口气，然后摆出惯常的笑容，把手机塞回兜里，给秦致远写了张字条就出门了。

秦致远一直睡到中午才醒过来。

他一出房门就看到顾言留下的字条，洗漱过后，把大半锅粥吃了个干净。

身上的西装皱得要命，当然是不能再穿了，所以秦致远先开车回家换了身衣服，然后才去公司上班。

一推开办公室的门，就看见秦劲坐在他的办公桌前。

秦致远怔了怔，心想自家老爹许久不管公司的事，今天突然出现，当然不会是来找他聊家常的。

果然，秦劲的脸色不太好看，但仍旧维持着温文尔雅的态度，开口问道："这么晚才来上班？"

"我请过假了。"

"我听说你昨天也没来公司。"

"嗯，这两天有点私事要忙。"

"忙什么？替那个朋友解决照片的事？"秦劲尽量没用上粗俗的词汇，但语气中已透露出了他的情绪，"只为了几张照片，你这两天里动用了多少人脉？欠下了多少人情？"

秦致远当然清楚得很。

光是电话就打了不知多少个，能帮得上忙的朋友都找了，确实是劳心又劳力，但他觉得付出这个代价很值得。他若无其事地走到办公桌前，翻了翻桌上的文件，道："那些人情我会慢慢去还的，爸你不用操心。"

"为了这种事麻烦别人，你就不嫌丢脸？"

“照片若是传出去了才更麻烦，而且要不是爸你出手干涉，事情也不会闹得这么大。”

“原来都是我的错。”秦劲气极反笑，道：“致远，你从小就比别的孩子聪明懂事，我以为你这次也会很快想明白，所以才没有做得太过分。否则……你以为只有照片这么简单？”

秦致远原本正在文件上签名，听到这句话后，笔尖稍稍一顿，静静望了秦劲一眼，道：“爸，我已经当了三十几年的好儿子，现在不想再装下去了。”

“什么？”

“你知不知道小时候，我心里就特别恨你，还有秦峰，只要他一开口喊哥哥，我就想狠狠把他踢开。”

秦劲还是头一回听到这些话，不禁窒了一窒。

秦致远道：“但我从前太胆小了，从来不敢卸下那些伪装。”

“你现在倒敢了？”

秦致远没有回答，只是勾起嘴角笑了一笑。

这笑容大含深意，秦劲看出了些端倪，问：“是为了那个叫顾言的？他到底有什么本事？能让你这样做？”

秦致远反问：“秦峰的母亲有什么魅力？住在康城别墅的那个女人又有什么魅力？能让身为父亲的你，连自己的家庭也不要了。”

秦劲脸色微变：“你说……什么别墅？”

秦致远简简单单地吐出一个名字：“唐安娜。”

秦劲瞪着眼睛望他，没想到儿子已经知道了这件事。

秦致远也不想把老爹气出心脏病，语气很快就缓下来，心平气和地说：“过去的事情就过去了，没必要再翻旧账。至于现在的事情，我们父子俩各有立场，也不是非要争个对错，我只希望你别再找顾言的麻烦了。”

秦劲也真是好风度，这个时候还能笑出来，当然一听就是冷笑：“如果我不肯呢？”

“不管你同意还是反对，我始终敬重你是我的父亲，对你的态度不会改变。不过……”秦致远把签完字的文件啪一声合上了，微笑道：“事业蒸蒸日上的唐安娜小姐为什么会突然隐退？想必很多人想知道幕后的八卦。”

“你拿这个威胁我？”秦劲猛地站起身来，道：“就为了那个轻浮的小明星？”

“他不是什么小明星。”秦致远乌黑的眸子沉了沉，一字一顿地纠正道：“他是我朋友。”

18 第十八章

任谁见到秦致远说这句话时的眼神，都能明白他此刻的心意多么坚决。

秦劲又不是瞎子，当然也看出来了。他怔了怔神，慢慢坐回到位子上，很快就控制住了自己的表情。

他比秦致远更注重形象。他是绝对不会在人前失态的，天大地大，再没有什么比他的面子更重要。但优雅斯文如他，毕竟也露出了一点点疲态，按着眉心道："我或许算不上是一个称职的父亲，但我所做的一切都是为了你好。"

"我明白。"秦致远很体贴地倒了杯水递过去，道："可我已经是个成年人了，我很清楚自己在做什么。"

秦劲沉默不语。

秦致远又道："爸，只要我们各退一步，就可以相安无事了。"

秦劲不置可否。他慢慢喝完了那杯水，伸手敲了敲桌面，道："你再好好考虑一下。"

秦致远从善如流："嗯，只要顾言不再出事，让我考虑多久都没问题。"

单听这句话，就能猜出他最后的结论是什么了。

秦劲倒没有当场说破，仅是挥了挥手，起身离开了办公室。

秦致远走过去帮他开了门，将人送进电梯之后，不由得松了一口气，重新走回去坐到了自己的办公桌前。他刚才只顾着应付秦劲，很多话都是不假思索地说出了口。

从来不肯冒险的他，终于为了顾言迈出这一步。

秦致远想了一阵，又笑了一阵，突然抬起手来遮住了半边脸孔。他觉得自己现在这个样子有些丢脸。

一下午的时间过得飞快。

秦致远花了好大的力气，才把心思集中在工作上。好在过两天就是除夕，大部分工作都已经处理完了，只剩下一些琐事需要收尾。

到了快下班的时候，有人把一个信封袋送到了他的办公桌上。

秦致远当然知道里面是什么东西。

但他没有拆开来看，只是从抽屉里翻出烟灰缸和打火机，"咔嚓"一声点了火，看着火光一点一点燃烧起来。

那些照片，那些过去，全都在这光芒中变成了灰烬。

秦致远撑着下巴在旁边欣赏，等到火光逐渐黯淡下来，淡淡轻烟挣扎着飘散开去，他眼底才多了一点笑意，取出手机给顾言发了条短信——什么时候有空？来我家吃顿饭吧。

顾言估计是在拍戏，到了晚上才回他，说是年前已经没空了。

秦致远原本想在过年前见他一面的，但也知道顾言最近在赶拍电影，他本身也是以工作为重的人，便没有勉强顾言，只是跟他约好了年后的时间。

除夕依照惯例是回老家去过的。

顺顺利利地吃过年夜饭后，秦致远在鞭炮声中跟顾言通了电话。

顾言那边同样热热闹闹的，过年的气氛渲染得很好，秦致远知道他肯定是在店里，听说他们餐厅推出了一个年夜饭大餐，这种日子的生意绝对火爆。

顾言主动提起了年后的那个约定，道：“请我去你家吃饭，那可要准备一桌子菜才行。”

“这个我早就想好了。”秦致远说着，报出了早就拟好的菜单。

顾言边听边笑，笑完了就说：“看来我得提前吃好胃药。”

秦致远也知道自己的厨艺是何水平，所以并未觉得受打击，反而趁势说：“没办法，我虽然很努力了，但毕竟还差一个好老师。”

“嗯？”

“不知道顾大厨肯不肯指点我几招？”

顾言似乎很喜欢这个称呼，笑道：“报酬方面？”

“绝对优渥。”

“OK，成交。”

秦致远听了这话，方才定下心来，安安心心地过完了年。他在家里陪了老太太三天，到初三晚上才回到自己在市中心的公寓，隔天就把顾言约了出来。

这几天正是顾言店里生意最好的时候，从早到晚忙个不停，秦致远便把车停在对街等着。直到傍晚四五点钟的时候，顾言才终于抽出空来，从后门走出来上了他的车。

其实也不过短短几天未见，但因当中隔了个春节的关系，秦致远见到顾言后，忍不住打量了一下。

顾言眨眨眼睛，问他道：“胖了还是瘦了？”

“唔，好像瘦了不少。”秦致远仔细打量他一阵，正色道，“看来今天要好好吃一顿补回来。”

顾言笑着系上安全带，道：“先去买菜吧。”

“菜场？还是超市？”

顾言看一眼西装革履的秦致远，实在不认为这副模样适合去菜场，于是说：“还是选你家附近的超市吧。”

秦致远点点头，一边发动车子一边说：“我公寓的厨房重新装修过了。”

顾言心中一动，不由自主地将左手叠在了右手上，问：“什么时候的事？装修成什么风格了？”

秦致远眼尖，一下就看见了他这个动作，但是没有多说什么，只是道：“你自己去看看就知道了。”

秦致远心情大好，到了超市里，就净选一堆用不着的东西往购物车里塞。顾言瞧得头疼，不得不对他重复了一遍今晚的菜单，再把那些东西一样一样放回原处。

秦致远奋力争取，最后也只是多买了两棵白菜而已，害他为填不满家里的冰箱而惋惜不已。

由于经历了这番曲折，他们在超市里逗留的时间比平常久了些，付完账出门时，天色已经完全暗下来了。

虽然开了春，但天气还没转暖，风吹在身上冷飕飕的，街上的行人也极为稀少。地下停车场同样冷冷清清的，顶上的白炽灯释放着柔和光芒。

秦致远先走过去开了后备厢，把刚买来的食材放了进去，然后再回过来替顾言开车门。两个人坐定之后，汽车却怎么也发动不了了。秦致远刚开始还当是天气太冷的关系，连试了几次都不成功，才知道可能是车子出了故障。

“奇怪，刚才开来的时候还好好的。”

“打电话给修车店吧。”顾言觉得肚子有些饿了，道：“反正这里离你家也近，走一走就到了。”

秦致远点点头，摸出手机来拨了个电话，边跟修车店的人提了下这边的情况，边下车去拿后备厢里的东西。

顾言也跟着下车帮忙，不过刚把购物袋拎在手里，脸上神情就微微一变，挨了挨秦致远的胳膊，小声问：“你最近是不是得罪人了？”

秦致远刚挂断电话，听到这句话后怔了一下，抬头往旁边一看，才发现停车场里不知何时多出了几个年轻人。这么冷的天，他们的穿着打扮却十分时髦，头发的颜色更是染得花花绿绿的，看着像是街头的小混混。这也就罢了，最重要的是几个人的目光全都集中在秦致远身上，那眼神怎么看都不算友善。

如此古怪的气氛，明眼人一看就知道不对劲，也难怪顾言要问他有没有得罪人了。

秦致远稍微回想了一下，苦笑道：“好像还真有。”

说到他可能得罪的人，当然就只有林公子的那位叔叔了。关于照片的事情，他原本是打算和平解决的，奈何人家对他不理不睬，似乎打定了主意要对付顾言，秦致远为防夜长梦多，只好用了点强硬的手段把照片取回来——他早就听说过林某人的流氓性格，也做好了被打击报复的准备，嗯，不过纯粹是商场上的，他没料到对方的回击会如此地……简单粗暴。

这是打算绑架？

还是单纯揍他一顿出气？

万一牵扯上顾言的话……

眼见几个年轻人步步逼近，秦致远脑海里许多念头转来转去，却听身边的顾言问道：“你打架的水平怎么样？”

“唔，偶尔会去几次健身房。”

“这下糟糕了，”顾言皱了皱眉，相当懊悔地说，“我以为是在拍都市片，没想到突然转成了黑帮片，还没来得及背台词。”

“有没有台词不要紧，你只要会跑就行了。”秦致远上前一步，把顾言护在自己身后，侧过头对他说，“从左边的安全通道走。”

“让你一个人留下来？不行！他们只是打你一顿也就算了，万一要你的命怎么办？”

秦致远的眼皮跳了跳，认为基本上没有这个可能性，但顾言显然更担心他的安全，突然抬起脚往车子上重重踹了一下。

“砰！”

响声震天。

这出人意料的举动令众人都怔住了。

顾言便抓准这个机会，拉起秦致远的手就往左边跑。

他们一有动静，后面的几个年轻人立刻也跟着跑了起来，紧追不舍。

顾言也不回头去看，只是拿出手机来拨电话报警，一面问道：“你既然知道自己有对头，怎么出门也不带几个保镖？”

秦致远答不上话，觉得自己挺冤枉的，他又不是什么大人物，怎么可能走哪儿都带保镖？

顾言接着又问：“你是怎么得罪人家的？抢了别人的女朋友？”

这个当然是无稽之谈，秦致远马上澄清道："绝对没有！具体怎么回事……我以后再跟你解释吧。"

他一方面是不想让顾言知道真相，一方面也是真的没工夫说话了。顾言的身体素质不错，秦致远也不算太差，但毕竟比不过二十出头的小年轻，眼看着就快被追上了。

顾言想想没办法，就把手机扔了出去，总算又争取到一些时间。

本来停车场地方不大，爬完了楼梯就能逃出去了，不料两人跑到楼梯口一看，早有两个小混混坐在台阶上等着了。其中一个嘴里叼着烟，另一个脸上带疤，都是副要笑不笑的表情，眼神阴阴的透着狠劲。

刀疤脸的那个一直坐着，阴阳怪气地说："两位跑得也累了，停下来歇歇吧。"

另外一个站起来把烟头踩灭了，恶狠狠地瞪着秦致远，道："我们大哥说了，要给秦先生你一点教训，省得你以后再多管闲事。"

说完，一拳砸在了秦致远的肚子上。

他出手又快又准，顾言根本来不及反应。

秦致远这样养尊处优的人，何曾跟别人打过架？更别说是挨打了，当下踉跄了一下，疼得直抽气。他原本想护着顾言的，谁知道顾言马上跳了起来，一头朝打他的人撞过去，叫道："我罩着的人你也敢动？！"

这一声叫得很响亮，在停车场里回荡开来，竟然还有回音。

秦致远吓得懵了，在他的记忆中，顾言总是镇定从容的，从来没有这么激动过。

而顾言已经跟那个人扭打在了一起。

秦致远回过神来，连忙冲上去帮忙。

一直坐着的刀疤脸也站了起来，伸手就扭住了秦致远的胳膊，旁边的顾言看见了，也顾不得自己这边的战况，直接抬脚踹人。

这时另外的几个年轻人都已围拢过来，很快就演变成了一场混战。

秦致远是他们的主要目标，挨得拳头最多，就算有战斗力也发挥不出来。顾言同样不擅长打架，但他只坚持一个原则，谁打秦致远他就跟谁拼命，而且完全不管自己的死活，甩也甩不开。

这伙人只说要给秦致远一点教训，所以下手时留了情，没用上什么凶器。

但光是拳打脚踢也不好受，刚开始还觉得疼，到后面渐渐就麻木了。秦致远腹部挨了几拳后，有些支持不住了，慢慢地弯下了腰。

那个刀疤脸看见了，故意用脚踢他。

顾言只觉得气血上涌，眼睛都气红了，一拳头挥过去，大声嚷道："别碰他！"

他一时发了狠，用得力气就过大了，推挤间脚下踩了个空，眼看着就要往楼梯下摔。

"顾言！"

秦致远大叫一声，明明自己都站不稳了，还是伸手去扯顾言的胳膊。结果当然没扯住，两个人抱成一团，一块儿从楼梯上滚了下去。

"砰！"

又是一声巨响。

其实这台阶并不算高，但到底是一层一层滚下去的，闹出来的声音还挺吓人的。

可能是他们摔下楼的方式太惨烈了，再没有人追下来继续围殴，只听那个刀疤脸断断续续地说："大哥说了……打一顿出出气就行……当心别闹出人命来……"

秦致远摔得头晕眼花，全身的骨头都在隐隐作痛，耳边除了那几个人离去的脚步声，似乎还有温热的液体落到了他的脸上。秦致远急忙睁开眼睛，这才看见顾言伏在他的身上，左边额头受了伤，殷红的血正顺着那张漂亮的脸孔淌下来。

然而顾言自己浑然不觉，只是一个劲地擦去秦致远脸上的血，黑眸里满满的全是他的身影，心急如焚地问："你怎么样？有没有哪里摔伤？"

秦致远的心跳似乎停了一停，紧接着又更急促地跳动起来。

他从来不知道，顾言也会有害怕的时候。他不可抑制地回想起前年的那场车祸，听说他被人救出来时，头破血流的样子十分可怕。

那里面有多少是顾言流下的血？

顾言当时是否也像现在这样，紧张地望着他，因为担忧他的伤势而浑身发颤？

秦致远忽听耳边响起了一阵古怪的噪音。他循声望去，只见一辆车子横冲直撞地开进了停车场，风驰电掣的样子像是随时都会撞墙自毁。直到快撞上对面的那堵墙时，司机才突然踩了刹车，然后就听"嗤"的一声，车子在距离墙壁几厘米的地方停了下来，尖锐的刹车声刺得人耳朵疼。

顾言当然也听到了这个声音，他紧绷的神经还没松懈下来，第一个念头就是爬起来保护秦致远。

没想到车门一开，从车里走下来的人却是林嘉睿。

林公子一眼就看见了秦顾二人受伤的样子，不禁皱了皱眉，道："还是来晚一步。"

然后开了后座的车门，大步朝他们走过来，一边扶住顾言的手臂，一边说："快上车，我送你们去医院。"

顾言“嗯”了一声，却是转头对秦致远道：“走得动吗？要不要我扶你？”

秦致远当然不肯，在顾言的帮助下，自己勉强站了起来。

这么一动才发现，秦致远伤得果然比顾言重一些，至少顾言还能走路，而他的脚刚一落地，便觉钻心似的疼，也不知是不是伤到了骨头。

好在旁边还有个林嘉睿，三人费了不少劲儿，才总算坐进了车子里。

林嘉睿坐定之后，连安全带也不系，脚下油门一踩，车子再次发疯般地冲了出去。

顾言在颠簸的车中仔细查看了一番秦致远的伤势，确定他受得多数只是皮外伤，才稍稍松了一口气，道：“现在可以告诉我，你究竟惹上什么麻烦了吧？”

顿了顿，看一眼开车的林嘉睿，又问：“跟林公子有关？”

秦致远不但伤口疼，连头也跟着疼起来，不知该怎么开口才好。

倒是林公子打了个响指，道：“还是我来解释吧。”

他说的都是跟自己有关的部分，简略提了提因为前段时间闹出的风波，林家的某人误以为顾言在利用他炒作，所以使了些比较卑鄙的手段，把顾言当年的照片都挖了出来。然后就是秦致远为了拿回照片，跟那个某人结下了梁子，以至于惹来今天的这场“教训”。

顾言虽然只听了个大概，但也能猜到秦致远在其中出了多少力，又是冒了多大的风险，不由得看了他一眼。

秦致远的嘴角也受了伤，但还是朝顾言笑了笑。

顾言一阵心疼，望了他片刻后，突然想起一件事情来，问：“林导，我记得你好像不会开车？”

“唔，只是从来不开而已。”林嘉睿没有回头，很随意地答：“上手之后发现还蛮简单的。”

难怪车子一路狂飙，根本没管交通规则。

顾言听得心惊肉跳，只是想一想都觉后怕，一下将秦致远护住了，嘴里大叫“停车”。

林嘉睿皱了下眉，果真踩了刹车，不过并不是因为顾言大叫的关系，而是后面有几辆车子追了上来，很有技巧地拦住了他的去路，迫得他不得不停下了车。

追上来的车子清一色都是黑色的，当中的一辆豪车尤为显眼，依稀可见开车的就是先前那个刀疤脸。车后座上也坐着一个人，但由于被车窗遮挡的缘故，瞧不清那个人的相貌。

林嘉睿按了按喇叭，摇下车窗来冷冷地说：“让路！”

几辆车纹丝不动。

倒是那个刀疤脸走下车来，颇为恭敬地对林嘉睿说：“小少爷，你在外面玩得够久了，也该回家了。”

他摸了摸鼻子，嘿嘿笑道：“你也知道大哥的脾气，要是真惹得他动气了，那可不好收场。”

林嘉睿沉默地凝视前方，按在方向盘上的双手握得死紧，白皙手背上青筋毕现。而后他慢慢松开了手，表情平静地开门下车，对另一辆车上的那人说道：“有什么事冲着我来就行了，别找我朋友麻烦。”

车内那人低低笑了一声，简洁地吐出两个字：“上车。”

声音算不上多么严厉，但语气霸道至极，叫人不敢违逆。

林嘉睿回头把车钥匙扔给顾言，道：“你们先去医院吧，我改天再来赔礼道歉。”

然后他整了整衣领，仍带着那骄傲冷漠的神情，绕过去打开了后座的门。

刀疤脸见状，连忙也钻进了驾驶座。这辆车子一发动，其他几辆车也跟着动了起来，不一会儿便疾驰而去。因为夜色已深，又是在偏僻的小路上，竟然没有闹出多大的动静。

顾言手里拿着林嘉睿扔过来的车钥匙，问：“林公子不会出事吧？”

“毕竟是他自己的叔叔，最多像我们这样挨一顿打。”

顾言点了点头，心想那人未必舍得对林嘉睿动手。他现在这个状况，当然是不敢自己开车的，最后还是打电话叫了救护车。

秦致远脸上有不少瘀伤，样子实在算不得好看。他虽然躺在了担架上，但念念不忘先前的事，拉着顾言说：“今天的气氛太差了，等我养好了伤，再重新请你吃饭。”

秦致远温和地笑笑，目光落在顾言的右手上。

19

第十九章

那是一双修长白皙的手。

指节分明，手指根根如玉，即使右手掌心里的丑陋疤痕，也未能令之失色。这双手此刻正轻轻抚过娇艳欲滴的玫瑰花瓣，衬得红的更红，白的更白，当真动人至极。

秦致远却无心欣赏这样的美景，只是苦笑道:“非得送我玫瑰不可吗？”

顾言将精心修剪过的红玫瑰插进病床前的花瓶里，道：“怎么？你不喜欢这个？那明天换成郁金香吧。”

“你昨天送过了。”

“百合？”

“那个是前天送的。”

“仙人掌？”

“……”

顾言见秦致远没有意见，就起身去洗了个苹果，回来后拿起桌上的水果刀，一边削皮一边陪他闲聊。

当日两人一起被救护车送进医院，检查后顾言只受了轻伤，秦致远的伤势也不严重，但是右脚的骨头有些裂伤，估计是从楼梯上滚下来时摔到的，没有一两个月好不了，所以只能先住院了。

恰好林嘉睿为了处理一些私事，给剧组放了一个星期的假，顾言便趁此机会留在医院里照顾他。

顾言跟秦致远认识这么久，早把他的喜好摸得一清二楚，无论是早中晚三餐，还是拿来解闷的书籍杂志，样样都合秦致远的心意。

想到这里时，顾言正好削完了那只苹果，切成块后递了过来。苹果清脆香甜，吃起来十分美味。当然，如果顾言削苹果的手艺不是这么娴熟，没有把苹果皮完整地削下来，更没有把那玩意摆盘送给他……就更好了。

秦致远真是哭笑不得，但不想让顾言失望，只好乖乖收下了。

秦致远因为怕家人担心，没有把自己受伤的消息传出去，不过该知道的人仍旧知道了这件事，没过多久，秦劲跟秦峰就一前一后地跑来探望他了。

秦劲没有待太久，只在病房里小坐了一会儿，说了些好好养病之类的客套话，就告辞离去了。秦峰倒是陪他哥聊了好久，但基本上是在炫耀他最近如何受老爷子宠爱，暗示秦劲已经对秦致远失望了，话里话外都有提拔他当接班人的意思。

秦致远听过笑过，对此不置一词。

顾言则又去洗了个苹果，不过这次没有削皮，而是直接切成小块，拿刀在上面划了几下，摆弄成小兔子的样子放进盘中。

秦致远想起他给秦峰取的绰号，不由得会心一笑，一口一个吃得极为愉快。

秦峰完全没有达到耀武扬威的目的，最后气鼓鼓地走了，临走时还故意把门关得震天响。

房门一关，顾言就笑倒在了床上，道：“这小白兔还是一样可爱。”

秦致远无奈道：“你就别再欺负他了。”

“是是是，”顾言仍旧倒在床上不起来，抬头望向秦致远，道：“但你这个时候因病请假，好几个星期不能去公司上班，恐怕确实大有影响。”

“如果我爸真的属意秦峰的话，无论我去不去公司都一样。”

“万一……”

“大不了就是失业。”秦致远既然敢跟秦劲对着来，当然也做好了这方面的准备，“其实自己创业也不错，就是刚开始的时候会辛苦一点。”

这番话说着简单，真要做起来可不容易。

秦致远出身富贵、衣食无忧，如今是为了谁才去吃这苦头，自是不言而喻。

顾言的眼神一下变得柔软起来，慢慢直起身，道：“没事，大不了，以后换成你替我打工。”

秦致远听得大笑。

到了第二天，林嘉睿就像个没事人似的出现了。

林公子送了个水果篮来探病，顺便通知顾言可以回去开工了，只看他脸上那副淡漠的神情，还真猜不出发生过什么事，也不知是他搞定了他叔叔，还是他叔叔搞定了他。

顾言虽跟林嘉睿关系不错，却也不方便去问他的隐私，只稍微关心了一下他的身体。

林嘉睿两眼望着窗外，冷笑道：“我倒情愿挨一顿打。”

然后就不再多说了，只问了问秦致远的伤势，跟顾言聊些工作上的事情。

这以后顾言就得回剧组拍戏了。

好在林嘉睿知道他要照顾病人，特意放慢了拍摄进度，让他的时间宽裕一些，可以医院剧组两头跑。秦致远的身体好得也快，两个星期就可以出院了。

出院那天，顾言特意请了假去接他，跑进跑出地办完手续后，时间竟然还早得很。秦致远便催着他去检查一下右手。

顾言前段时间一直有接受治疗，最近为了秦致远住院的事，这方面倒确实疏忽了。秦致远对他的右手特别上心，顾言想偷懒也不行，只好让他在候诊室等着，自己去做了个检查。

主治医生仍旧是那个和蔼的中年人，检查结束后，一边写病历一边对顾言说：“你右手的情况很好，已经没有什么大碍了，只要定期复诊就行了。当然不可能完全复原，但基本的功能都已恢复，对一般的日常生活没有影响。”

医生顿了顿，看一眼病历上的记录，问：“你前期一直很配合治疗，后来怎么有段时间不来医院了？每次都预约好了时间，却又次次都错过，甚至连手机号码都换了……”

顾言脸不红气不喘，连眼睛也不眨一下，平静地答：“工作太忙了，抽不出空。”

医生透过厚厚的眼镜片望他一眼，道：“年轻人拼事业是好的，但也要注意身体，记得定期来复查。”

顾言连声应是，始终保持微笑。

无论做什么事业都一样，要回报就得先付出。

总不能自己什么也不努力，等着别人送上门来吧？

但这个努力也要找准方向。什么时候该穷追猛打，什么时候该以退为进，都要花费心思。就算手里握着一张好牌，也要在最恰当的时机亮出来。

顾言揉了揉右手，一走出诊疗室，就看见秦致远低头坐在那儿，正专心用手提电脑收发邮件。他于是走过去看了几眼，笑说："伤才刚好，怎么又在忙工作了？"

"休息得太久了，不抓紧时间不行。"秦致远嘴里虽这么说，可一见顾言出来，就把手提电脑关了，问："你的手怎么样？"

"恢复得很好，已经没有大碍了。"

顾言挑重点把医生的话复述了一遍，边说边跟秦致远一起走出医院，开车送他回家。

秦致远还记着上次错过的那顿晚饭，非要留顾言在自己家里吃饭。顾言只好答应了，不过考虑到秦致远的身体状况，只准他做一个最简单的炒蛋系列。

饶是如此，秦致远都为番茄炒蛋好还是韭菜炒蛋好犹豫了半天，最后决定用韭菜炒蛋，用番茄做汤，总算是定下了晚上的菜单。

顾言笑而不语，半路上停下车来把菜买了，这一回风平浪静，总算顺顺利利地到了秦致远的公寓。

房门一开，顾言就看见了秦致远家里重新装修过的厨房。

跟以前华丽的欧式风格大不相同，这次装修得简单又朴素，虽然没什么花哨之处，但是看着更为实用，也更有一种家的感觉。

"你平常就在这儿做菜？"

"怎么？不合适？"

"唔……有点难以想象。"

"那今天就让你见识见识。"

秦致远在病床上躺得久了，正想活动活动筋骨，看看时间也不早了，便挽起衬衫袖子，把路上买好的食材一样样取出来，仔仔细细地码放整齐，再洗手、找抹布、擦菜刀，各道工序完成得一丝不苟，简直像他平常工作一样认真。

而且连韭菜炒蛋和番茄蛋汤这么简单的菜色，他都要翻出菜谱来研究一遍。

顾言抱着胳膊站在门边，越看越觉得有趣，忍不住笑了出来。

秦致远原本就有点紧张，听他这么一笑，愈发变得手忙脚乱起来，拿不准是该先切菜还是先敲鸡蛋。他想了一想，干脆走过来把顾言推出了门外，道："你先去客厅里坐会儿，看看电视吧。"

"嗯？不是还要我指导吗？"

"有需要时再叫你。"

秦致远为防万一，还把厨房门给关上了。

顾言隔着玻璃门哈哈大笑，笑完了才走到客厅里坐下了，给自己倒了杯水喝。他估计秦致远炒个蛋也要花上半小时，所以悠悠闲闲地取过遥控器来看电视，同时打量了一下房间里的装潢。

除了厨房重新装修过以外，其他地方几乎没有变动，倒是客厅里多了一台新的影碟机，机子上还放着个信封。

顾言拿过来看了看，从信封里找出一片光盘，塞进影碟机后，伸手按下了播放键。

电视上先是一阵沙沙的声响，接着就出现了竹林的曼妙风光，然后则是顾言穿着古装穿梭来去的身影——这是他当初到A市去拍的古装剧，光盘里只截下了剧中的一小段，他用长剑指着多年好友，然后对牢镜头倾吐剧中的台词。

顾言的右手不自觉地抽动一下。

在秦致远家的电视机上看到这一幕，他一点也不觉得惊讶，只是闭了闭眼睛，低头去看装光盘的那个信封。

信封上只写了收信人的姓名地址，没有写寄信人的，而且字迹潦草拙劣，简直像是什么人用左手写出来的。

顾言盯着看了一会儿，忽然嘴角一弯，轻轻哼起了歌。他跷起脚坐在沙发上，一边欣赏着电视屏幕上自己放大的脸，一边漫不经心地撕碎了那个信封，随手扔进垃圾桶里。

厨房里秦致远在喊："大明星，快来帮我调一下味道。"

顾言若无其事地掸了掸手，起身关掉电视机，大步走进厨房里。

浓浓的韭菜香味已经飘散开来。

秦致远正忙着翻动锅铲，脸上的表情相当严肃，像在对付公司里那些文件似的，看着还真是像模像样。

秦致远拿着调味料的手抖了一下，一大勺盐统统落到了锅里。

"糟糕，盐放太多了！"

"没关系。"

他这句绝对是真心话，但秦致远还是颇觉遗憾。

顾言笑了笑，站在秦致远身旁，半眯着眼睛看他翻炒锅里的菜。

窗外的日头一点点落下去，夕阳的余晖铺洒进来，锅里的鸡蛋稍微有点糊了，但扑鼻而来的香气十分诱人。

20

第二十章

秦致远独自坐在咖啡厅里等人。

他伤愈后回公司上班已经好几个月了，工作上的事情还算顺风顺水，并没有像他起初预料的那样，被老爷子掣肘或是被秦峰夺了权。

倒是林嘉睿的那位叔叔找秦劲喝了一次茶，两人间的谈话内容无人知晓，不过自那以后，林公子跟顾言的八卦新闻便突然平息下去，像是从来没有发生过似的，再也没人提起。

因为这个缘故，林嘉睿那部电影总算顺利杀青，前几天后期制作也已完成。预告片出来后，秦致远抽空看了个新鲜，也不知是顾言的演技突飞猛进，还是林嘉睿真的有些本事，电影拍得还挺有味道。

顾言的表演可圈可点，某几个眼神、动作极具风情，尤其是用来宣传的那张海报——照片的背景是经过模糊处理的黑夜，顾言左手拿着金属质感的无框眼镜，右手牢牢覆住自己的双眼，只露出挺直的鼻梁和雪白的下巴。镜头外唯一的光源打在他精致美丽的脸孔上，薄唇勾出迷人笑靥，与之形成鲜明对比的，则是从他指缝间缓缓淌落的泪水。

这是在现实的黑暗中，他因为沐浴到了虚幻的光明而露出的笑容。明明是静态的照片，却能让人联想到那微笑扬起、那泪水滑落时的动态之美。

秦致远对着海报发了一阵呆。

正出神，他等的人终于出现了。

跟赵辛一起来的，还有他那个甜美可人的妻子。由于车祸时受的伤需要静养，赵辛结婚后，就干脆带着老婆回乡下老家去度蜜月了，而且一度就是大半年，前两天才刚回的本市。他们夫妻两人都长胖了不少，尤其是女方那圆润的肚子，一看就知道已经有好几个月的身孕了。

秦致远偶尔会跟赵辛通个电话，但是并未听说这个喜讯，见到后先是呆了呆，紧接着便微笑起来："恭喜恭喜！我说你怎么舍得回来了，原来是快当爸爸了。"

"毕竟是大城市的医疗条件好一些，在乡下生孩子总归不放心。"赵辛满脸堆笑，护着老婆在秦致远对面坐下了，道："而且我休息了这么久，也差不多该回来工作了，不然可赚不到奶粉钱。"

秦致远连声应是，知道怀孕的人不喝咖啡，就给点了杯橙汁，问："已经几个月了？"

"快五个月了，预产期是在年底。"

"怎么不早点说？我还等着当干爹呢。"

"放心，没人会跟你抢。"赵辛嘿嘿一笑，伸手拍了拍秦致远的肩，道，"你年纪也不小了。"

闻言，秦致远说不出是欢喜还是怅然，只觉得时间轰轰烈烈，无情地碾压过多少岁月。

秦致远因为想起顾言而笑了笑，道："找到知己了。"

他眼底微含笑意，嗓音是一贯的轻柔，语气却十足认真。

赵辛怔了怔，道：“那也不错。”

又问：“什么时候约出来一块喝酒？”

“以后会有机会的。”

秦致远说完，又跟赵辛聊了些生活琐事。

聊起工作时，赵辛表示还是打算拍前年筹备的那部电影，秦致远点头赞同：“确实是个好本子，不拍可惜了。资金方面没有问题，你尽管放手去拍就是了。”

赵辛跟他有多年的默契，便没有在这件事情上道谢，只是说：“我卖你面子，还是跟上次说好的一样，找顾言演男主角。”

秦致远心头一跳，面上却依然沉静如水，道：“……当然。”

顾言已经演过太多的配角了。

怀孕的人不宜劳累。

赵辛的妻子坐得久了，被春日的暖阳这么熏着，逐渐有点昏昏欲睡。赵辛心疼老婆，一见她开始打哈欠，就连忙一口气喝光杯子里的咖啡，站起身来跟秦致远道别，顺便还约他有空一起喝酒。

秦致远连声应好，看看时间也不早了，便也跟着站了起来，买过单后，送他们夫妻俩上了出租车。临别时，秦致远握了握赵辛的手，又真心说了一句“恭喜”。

此时日暮西沉，天色正慢慢暗下来，万家灯火一一点亮，走在大街上，也能闻到居民楼里传来的饭菜香气。

秦致远目送着赵辛离去，然后转身上了自己的车子，径直开往顾言的家。

不知为什么，他突然特别想念顾言的厨艺。

哪怕顾言的手不适宜做精细的菜肴，只是随便炒个蛋炒饭也好，他太想尝一尝那个味道了。

或许人生就是如此。

年轻时向往惊天动地的事业，待时间流逝，经历过无数聚散离合，反而更渴望细水长流的相伴。

秦致远平常很少对顾言提要求，今晚见着面后，却忍不住缠了他好一会儿。

顾言手伤确实早已痊愈，便进厨房忙碌了一阵，用冰箱里现有的材料做了碗炒饭。虽然没什么花巧之处，但胜在现炒现吃的热乎劲，出锅时热腾腾的香气四溢，只嗅着那个香味，已让人食指大动了。

秦致远一边动筷子，一边看向顾言的右手，目光掠过那已经变淡的伤痕，道："我今天见到赵辛了。"

他自认这件事没什么需要隐瞒的，顾言很自然地问："赵导回来了？什么时候的事？"

"就前几天，他老婆怀孕了，回城里来生孩子。"

"这么快？赵导一定很高兴。"

"嗯，不过也要为奶粉钱烦恼了。"

他们俩一人一句，很平和地谈论着赵辛未出世的孩子。末了，顾言提起赵辛当初没有拍成的那部电影，秦致远便道："我跟他聊过了，电影是肯定要拍的，主角的人选也没变，他还是打算找你来演。"

自从拍完了林公子那部戏，顾言一心扑在餐厅的生意上，几乎没再接别的工作。所以秦致远说是说了，却拿不准顾言会不会演。

顾言听后果然怔了怔，但很快就微笑起来，道："只要演的是男主角，我自然 OK。"

秦致远也笑，多少理解顾言的这种执拗，忍不住打趣道："到了六十岁，也仍旧只演男一号？”

“怎么不能演？”顾言倾身向前，低声说，“不过到了那个时候，可能也只有你欣赏了。”

秦致远听了，不禁大笑起来。

如此过了两三个月，某天顾言突然接到林嘉睿的电话，说是下个月有个电影节，他们那部戏得了最佳导演和最佳男主角的提名，拿奖的希望非常大。

这原本也是预料之中的事。

那部电影走的是文艺路线，票房马马虎虎，但拿奖还有些指望。别说林嘉睿确实颇具才华，真正走运的人却是顾言，他演了这么多年的戏，一直半红不紫的，人气有是有，但到底没有得过什么奖项，这次倒是个千载难逢的好机会。

秦致远心中有数，知道顾言的演技虽有进步，但也全靠碰着了一个好导演，以后也不知还有没有这样的机会，因此对这件事特别上心，马上就叫人去定制顾言参加电影节时要穿的衣服了。

保守点当然就是穿西装，黑的沉静稳重，白的更加出挑，秦致远想来想去，最后还是定了白色的。

顾言倒没什么需要操心的，照旧吃好睡好，顶多就是晚上睡觉前对着镜子练一练微笑。

秦致远看得有趣，问：“都快当影帝的人了，怎么还要练这个？”

顾言挑一下眉毛，慢慢弯起嘴角，对着镜子露出优雅浅笑，道：“若是能拿奖也就罢了，万一最后拿不到，才更要笑得落落大方。”

这是他的原则。

得不得奖不重要，但做人一定要做得漂亮。

秦致远听了这话，倒是并不赞同，道："何必这么没自信？还没颁奖就想着拿不到。"

顾言透过镜子与他对视，反问："你又是哪里来的信心？"

秦致远笑了一笑，道："我准备了一份礼物，打算等颁奖之后送给你。"

"什么东西？"

"暂时保密。"

"万一我拿不到奖呢？"

"笨，"秦致远在顾言额上敲了一记，道："那就成安慰奖啦。"

"拿了就是庆祝奖，不拿就是安慰奖，看来我无论如何都不吃亏。"

"嗯，"

顾言但笑不语。

其实早在几天之前，他就已经发现秦致远在悄悄关注房产信息了，但某人既然说要保密，他便也装着什么都不知道，并没有追问所谓的礼物究竟是什么。

该糊涂的时候就应当糊涂一些，否则人生岂非少了许多惊喜？

临近电影节的那两天，林嘉睿毫无预兆地打了个电话过来，说他另外有要紧事要处理，到时候没办法出席了。林公子比大牌还大牌，轻飘飘的几句话，说不去就不去了，顾言只好自己一个人走红毯。

好在秦致远定制的那套西装准时送来了。顾言穿着十分合身，亮白的颜色最衬他的肤色，只是这么随意一套，立刻显得英俊挺拔起来。尤其他的刘海留长了些，细碎的黑发半遮住眼睛，含笑的眼神格外令人心旷神怡。

秦致远充当司机，亲自送顾言去了会场。下车之前，他拍了拍顾言的胳膊，道："我就不陪你进去了，颁奖礼结束之后，我在停车场等你。"

"我知道，安慰奖嘛。"顾言冲他眨眨眼睛，"我会来取的。"

接着车门一开，顾言笑容满面地走了出去。

早有大批记者等在那里，一见顾言下车，立马围拢过来，镁光灯不停闪烁。

顾言俊美的脸孔在灯光下无可挑剔，从从容容地踏上红毯，一路上笑容不断，就算被问到敏感话题，也都回答得极为巧妙。

相较于星光璀璨的红毯，接下来的颁奖礼就显得冗长许多，好在主持人惯会活跃气氛，几个奖项又不时爆出小冷门，倒也算惊喜连连。

最佳男主角是排在后面的压轴奖项，几位候选人都是既有人气又有实力，竞争颇为激烈。当主持人一一报出候选人的名字时，摄像机镜头也跟着在众人脸上扫过。

顾言原本笑得脸都僵了，可一见镜头转过来，马上就扯动嘴角，摆出大方得体的微笑。

这时灯光骤暗，颁奖嘉宾已经开了信封，激动人心的背景音乐也响了起来，只等着最后念出来的那个名字。

顾言深吸一口气，轻轻握住右手，说不紧张是骗人的。

但相比之下，他更期待秦致远的那个安慰奖。

往后的数十年里，还不知要经历多少风风雨雨。可能这一刻登上顶峰，下一刻就跌落谷底，但只要他的决心坚定不移，相信无论再过多少年，他依然能像现在这般露出笑容，悠然又笃定地说："我只演男一号。"

男主角的最大福利，就是不管经历多少枪林弹雨、多少刀光剑影，他都是笑到最后的那个人。

然后大幕一拉——

全剧终。

番外一

起因是一张偷拍的照片。

浅淡的日光透过雕花玻璃窗倾泻而下，明暗交错的光影里，顾言眼睫长长，白皙手指半撑着下巴，姿态优雅、风度绝佳。坐他对面的女郎则完全笼在阴影里，只隐约可见一头波浪卷长发，再配上窈窕身段，跟顾言堪称璧人。

虽然是偷拍的照片，但因角度找得好，竟还透出几分电影海报的味道来。

秦致远将这照片轻飘飘扔在桌上，笑言："照相技术不错。"

顾言的经纪人站在一旁，眼皮突突跳了两跳，忙道："是个刚入行的狗仔拍的，一点规矩都不懂，幸好照片还没流传出去。"

秦致远的语气也是轻飘飘的，说："既然不懂规矩，那就教一教他。"

经纪人连声道："是，这是当然的。"

其实顾言快三十岁的年纪，就算传出点绯闻也属正常，但这恋情能否曝光，还得看大老板的意思。于是经纪人又问一句："小顾那边要不要跟他打个招呼？”

秦致远静了一会儿，眼睛盯着那张照片，突然问：“这是哪家餐厅？”

经纪人早就做足了功课，立刻报出一个名字来。

秦致远点点头，这才摆手道：“行，这事我知道了，顾言那边……不必多说什么。”

经纪人离开之后，秦致远重新捡起那张照片，又仔细望了一眼照片上的人。碎纸机就在办公桌旁，秦致远的手往前递了递，最终却又折了回来，将这照片锁进了抽屉里。

他这天仍是准点下班。

另一个人还没过来，秦致远换了身衣服，径直走进厨房。晚饭的食材是早就准备好的，肉酱意大利面加罗宋汤，东西虽然简单，但挺适合他这种做菜新手的。

拉开冰箱门，看见那几颗红彤彤的番茄时，秦致远心中微微一动。但他很快恢复如常，依次取出各种食材，洗手做羹汤。

厨房里很快充满了烟火气息。

等到暮色四合，整个小区里都飘荡着饭菜香气时，电子门锁“滴”的一响，一身风衣的顾言推门而入。

他最近接了个新剧，饰演一名风流多情的民国公子哥，因着刚刚下戏，举手投足之间，仍带着几分倜傥味道，笑嘻嘻道：“我来了。”

秦致远正将盛好的罗宋汤端上桌，语气平淡地“嗯”了一声。

顾言没听出这一声里暗藏的玄机，扫了眼桌上的菜色，夸道：“不错啊秦总，厨艺又有进步。”

“有没有进步，你尝过了才知道。”秦致远说着摆好了碗筷。

顾言便去洗了个手，回来坐到秦致远对面，举起筷子吃面。

秦致远边吃边问："新剧拍得怎么样？"

"还行，都挺顺利的。"

顾言先尝了一口意大利面。

面煮得熟了一点，不过酱汁的味道调得不错。

顾言在心里评价一句，又低头喝汤，这一口汤刚送进嘴里，他的表情就僵住了。

秦致远到这时才问："味道怎么样？"

顾言不知如何形容才好，他艰难咽下口中汤汁，半天才挤出一句："这汤……熬得很浓啊。"

那是，冰箱里存着的番茄都清空了，才熬出这一锅汤来。

秦致远的心情总算好转一些，笑说："主要是番茄买得好，新鲜，味道也正。"

这未免正过头了吧？

顾言只觉一阵牙酸。为了鼓励秦总不断进步，他平常很少说打击人的话，这时也正犹豫着如何委婉措辞，却听秦致远接着说道："好喝吗？厨房里还有一大锅，你可以慢慢喝。"

吃过晚饭后，顾言有一种劫后余生的感觉。

秦致远又进厨房捣鼓一阵，端着茶具走出来道："喝杯茶？"

"好啊。"

秦致远动作熟练地泡茶，浅红色茶汤缓缓注入晶莹剔透的水晶杯里，颜色甚是鲜艳。

顾言端起茶杯问："这是什么茶？"

"山楂草莓茶。"秦致远笑如春风，道，"消食的。"

咳咳。

顾言一口茶卡在嗓子眼里，好不容易才吞下去。

又来？

他是过来没看皇历，还是哪里惹怒了老板？

不过到了这个时候，顾言总算是回过味来了，敢情今天这顿晚饭，是场鸿门宴呀。

顾言没动声色，反而赞了一句“这山楂味道挺甜”，随后拿起遥控器按了几下，最后定格在某频道，说：“就看这个台吧，一会儿会重播我以前演的电影。”

秦致远问：“哪部电影？”

顾言眨了眨眼睛，道：“就是那部。”

秦致远一下就懂了。

是原定顾言演男主，后来却被降为了男配，在戏里又是毁容又是挨打的，最后还死于非命的那部电影。这电影上映后反响平平，倒是顾言演的那个角色吸了不少粉丝，粉丝自剪的MV层出不穷，其中最经典的一个镜头，就是浑身是血的顾言倒在雨中，目光却一直望着远处。

屋里的气氛微微冷下来。

顾言察言观色，觉得铺垫已经到位，这才东拉西扯地聊起工作：“最近为了赶进度，天天在片场里泡着，好久没休息了……”

秦致远果然上套，轻轻哼了一声，道：“我看不见得，不是还忙里偷闲，约人一块吃饭了吗？”

说着，念出了某家餐厅的名字。

他下午闲着没事，还特意上网查了一下这家餐厅，道：“自己名下的店不去，非要去什么网红餐厅，遇上了狗仔也不冤。”

顾言“咦”了一声，总算弄明白了前因后果，讶然道：“被拍了？”

秦致远没好气道：“差点见报。”

为了维护顾大明星的公众形象，他这个当老板的容易吗？

“差点？那就是已经解决了？”顾言笑眯眯道，“谢谢秦总。”

“怎么？还想我给你发个大红包啊？”秦致远瞪他一眼，“你就算不注重自身形象，也得注意对公司的影响，你那位女性朋友……”

顾言突然打断他道：“要不要介绍她跟你认识？”

秦致远一怔。

顾言接着说道：“正好我这个周末有空，就仍旧约在那家餐厅吧，有几道菜味道不错。”

秦致远有些无语，不明白话题怎么转到这上面来了，他正要开口说话，顾言却打了个哈欠，道：“明早五点就要开工，我先去休息了。”

说罢站起身来，扬了扬手道：“晚安。”

只留下秦致远独自一个人对着电视机。

秦致远看了一会儿电视，终于觉得不对了，这播的明明是《动物世界》，哪里重播顾言拍的电影了？

到了周末的时候，顾言果然组了个局，约秦致远一起吃饭。

顾言这次算是学乖了，出门时特意戴了副墨镜。他的脸孔本就生得精致，被墨镜遮住了大半张脸，反而衬得那一截下巴格外白皙。

这样不是更加招摇了吗？

秦致远有些无奈，不过也没多说什么，要是不小心又被偷拍，就只能……再出手解决了。

到餐厅的时候，正是中午吃饭的点。顾言早就订好了位子，仍旧是他上次吃饭的那张桌子，靠窗，雕花玻璃窗倾斜下一地日光。

顾言那位女性朋友已经到了，正坐在桌边喝茶。她一头栗色长发烫成了波浪卷，耳边夹一枚小小的水晶发卡，脸上化了淡妆，瞧着不过二十几岁的年纪，年轻又漂亮。

秦致远脚步一顿，觉得那张脸似曾相识。

顾言笑着走过去道："来得这么早？"

"那是，哪能让你这大明星等我？"女孩语气熟稔地跟顾言打招呼，然后目光看向秦致远。

顾言介绍道："这是我老板……"

"秦总是吧？我知道。"女孩身姿摇曳地站起身，朝秦致远伸出手，"我叫顾橙。"

电光石火间，秦致远已猜到了她的身份："你是……顾言的妹妹？"

番外二

“行，事情我都知道了。既然已经放假了，就等过完年再说吧。”秦致远挂断电话后，抬手捏了捏眉心。

顾言正在开车，抽空问：“怎么了？”

“没什么，都是工作上的事。”

顾言立刻猜道：“公司快破产了？秦总要反过来替我打工了？”

“想太多了。”

秦致远不由得笑起来，简单解释了一下情况。原来，近期有一家新开的娱乐公司到处挖人，接触了不少秦致远公司的签约艺人，确实有几个小新人动心了，但总体来说问题不大。

“挖人？”顾言问，“哪家公司？”

秦致远报了一个名字出来。

顾言听后，表情微微一怔。

秦致远盯着他道：“你不会也被挖角了吧？”

“怎么会？”顾言慢悠悠瞥了他一眼，笑说，“我对公司……一直是一心一意的。”

秦致远哼哼了两声，算是满意这个回答了。然后他看了一眼车窗外头，道：“前面百货商场停一下车。”

“干什么？”

“买礼物。”秦致远理所当然道，“总不能空手上你家过年吧。”

顾言问：“今天可是除夕，你确定不回自己家？”

秦致远扬了扬眉，反问道：“你觉得我该跟谁一块过年？我爸？还是我弟弟？”

顾言一下答不上来了。秦致远的母亲在国外生活，剩下的几个亲人……确实不太靠谱。

说话间，车已开到了商场门口。

顾言的家人曾经为了还债远走国外，不过不久之前，他的弟弟妹妹都回国了。秦致远跟顾言的妹妹见过一面，但正式登门拜访还是头一回，当然得下点功夫了。顾橙的礼物还算好挑，女孩子喜欢的香水包包买了总不会出错，倒是顾言的弟弟有点难办，秦致远还真不知道现在的年轻人都喜欢什么东西。

“手表？还是球鞋？”秦致远想了想，道：“男孩子应该会喜欢限量版的篮球鞋吧？”

“咳咳。”顾言被呛了一下，语气古怪地说，“我觉得……买些零食就够了。”

“你弟弟爱吃零食？”

顾言含糊地“嗯”了一声。

秦致远顿时脑补了一个爱吃零食的小胖子形象，再配上一张与顾言相似的脸——

似乎有点可爱？

除夕这天商场提前打烊，因此一买完东西，顾言他们就匆匆回了车上。

顾言的家里人住的是他们家的老房子，位于市区的旧城区。那是一幢老式的步梯楼，外墙面上的墙粉掉了大半，斑驳地覆满了爬山虎。

秦致远提着礼品上了楼，边走边问：“怎么不给他们换个房子？”

“念旧。”

“你爸妈呢？没跟着一起回来？”

这个问题看来并不好答，顾言斟酌了一下，说：“原因比较复杂。”

俩人闲聊了几句，便已到了顾言家门口。

秦致远抬手按响了门铃。

来开门的是个身材高大的年轻男人，剑眉星目，相貌英俊。

秦致远愣了一下。

这谁？

而对方则寸步不让，用一种带着敌意的目光审视秦致远。

直到顾言探出头来，说：“我介绍一下，这是……”

“不用介绍了。”那人退后一步，露齿一笑，说，“秦总是吧？早就听说过你的大名了。”

说着，伸手递过来一张名片。

秦致远接过名片看了一眼，首先注意到的是那人任职的公司。

这不是挖他墙角的那一家吗？

紧接着才看清对方的名字。

“顾凡？”秦致远突然明白过来，道，“是你？”

顾凡点头致意：“是我。”

俩人相对而立，仅是片刻之间，已用眼神交锋了数个回合。

然后顾橙一阵风似的从厨房跑出来，嚷道：“哥，你们来啦？”

又使劲捶了顾凡两下，道：“二哥，你像堵墙一样挡在这里干什么？

快快快，跟我进去准备晚饭！”

顾凡边被拖进厨房边说：“怎么不让新来的那个做饭？”

“人家是客人你懂不懂！”

说着，厨房门“嘭”一声关上了。

秦致远安静了一会儿，默默放下手中的礼品，道：“你们家……挺热闹啊。”

顾言无辜道：“气氛好。”

秦致远就问：“你是不是还欠我一个解释？”

“要不要喝点什么？”顾言道，“一杯咖啡？”

咖啡做好以后，顾言领着秦致远去了阳台。

老房子没有封阳台，傍晚的风便肆意地吹拂过来。太阳才刚落下去，半边天已被染成了青紫色，另外半边，却还剩下一抹胭脂似的红。

秦致远望着那抹艳红，道：“你没说……你弟弟已经这么大了。”

顾言笑道：“他只比我小两岁。”

“你也没说，他名下有一家娱乐公司。”

顾言继续微笑：“我也是前不久才刚知道。”

“所以，”秦致远终于问到了重点，“他这是故意针对我？”

公司艺人被挖角的事，他原本以为只是普通的商业竞争，现在看来，对方明显是有意为之。

是因为顾言的关系吗？

顾言捧着咖啡杯，轻轻叹一口气：“还是从我父母说起吧。他们在国外打拼了这么多年，事业都在那边，暂时并不打算回国。至于顾橙和顾凡，要他们长期在这儿定居，恐怕也不习惯。”

秦致远跟顾言极有默契，一听这话就明白过来，道："他们这次回来，其实是为了带你离开？"

顾言失笑："我是个成年人了，有权利自己选择离开或是留下。"

秦致远说："当然。"

表情在夜色中有些晦暗。

顾言接着说道："我的选择很明确，顾橙也能理解这一点，但顾凡的性格比较执拗，他认为……是某些因素牵绊住了我。"

秦致远指了指自己："绊脚石？"

顾言点头。

"他打算给你制造一些小麻烦，让你知难而退。"顾言道，"秦总你觉得怎么样？"

"不可能。"秦致远的目光落在顾言的手上，道，"你可是签过约的。"

顾言低头去看自己的右手。他的手指修长白皙，但掌心上有一处旧伤。那伤疤是不规则的椭圆形，确实像一道印痕。

顾言不由得笑起来，说："如果他们愿意支付违约金……"

秦致远面无表情道："天价。"

正说着，客厅里传来了顾橙的声音："哥，秦大哥，快来吃团年饭了！"

顾言道："走吧，先去吃饭。"

秦致远却说："等一下。"

他一口气饮尽了杯里的咖啡，又整理了一下自己的衣领，这才道："行了。"

顾言打趣道："怎么一副如临大敌的表情？"

"也差不多了。"秦致远说，"要是想留下你，无论如何都得搞定你弟弟吧？”

顾言不禁莞尔，边走边说：“像我这样的优秀员工，难道不值得秦总你付出一下？”

客厅里布置得喜气洋洋。因为吃饭的人少，顾橙就准备了一个火锅，锅里的汤已经烧滚，腾腾地冒着热气。电视机也开着，传来一阵闹腾的鞭炮声。

顾言听见秦致远说：“……值得。”

3

番外三

顾言醒过来时，觉得头疼得厉害。

昨晚的记忆有些模糊了，他隐约记得自己是跟家里人一起吃年夜饭，后来……是喝酒喝多了吗？

他的酒量不错，按理说不至于喝得这么醉。

顾言挣扎着坐起身，就听房门外传来妹妹顾橙的声音："哥，你起床了吗？"

顾言嗓音微哑，答道："还没。"

紧接着就听"哐当"一声，顾橙直接冲了进来，嚷道："你怎么这个点还没起床？"

顾言按着额角说："小橙，我还没穿衣服。"

"有什么大不了的？"顾橙大大咧咧地说，"我看了二十几年，早就看腻了。"

边说边冲向衣柜，打开柜门道："今天这么重要的日子，你怎么就睡过头了？快点快点，再不出门就来不及了！"

今天是什么重要日子？

顾言记得自己没有安排工作。

难道是颁奖典礼？好像是有个电视台搞了个颁奖活动，但他的作品也没入围啊……

正想着，顾橙已经挑好了两套西装，往顾言身上比画了一下，问："黑色还是白色？哪件好看一点？"

顾言无奈道："穿再好看也没用，又拿不到奖。"

"拿什么奖？"顾橙奇怪道，"哥你在说什么？"

顾言一愣，问："今天……"

"今天是'君悦'的第三家分店开业，你这个当老板的，总不能让大家等吧？"顾橙犹豫了一下，最后还是挑了那套白色的西装。

这个颜色更衬顾言。

顾言的表情有些茫然。

而顾橙已经推着他进了洗手间，命令道："抓紧时间！"

顾言只好简单洗漱了一下。他抬手去拿毛巾的时候，动作突然顿住了，然后低头看向自己的手——

他的手指修长白皙，掌心处什么伤痕也没有。

那道车祸时留下的伤呢？怎么会消失不见？

他试着去回忆昨晚发生的事，却发现那些记忆已经变得朦胧起来了。

顾言走出洗手间，问："顾凡呢？"

顾橙没好气道："哥你是失忆了吗？二哥去国外留学了。"

她这么一说，顾言就全都想起来了。没有负债，也没有远走异国，他们一家一直安安稳稳地在这个城市生活着。他顺利念完了大学，也选择了自己心仪的职业。他在餐饮这一行或许很有天分，没过几年，就开了属于自己的第一家餐厅。而现在，“君悦”的第三家分店也快开业了。

那么，另一段回忆又是怎么回事？

他辛苦还债的经历呢？他在娱乐圈打拼的经历呢？

没有赵辛，没有唐安娜，没有林嘉睿。

也……没有秦致远。

顾言是被顾橙推着出了门。

新店是怎样开业的，他已经完全不记得了，只记得餐厅人气火爆，他们一直从中午忙到了晚上。忙完了晚市那一波，众人才歇了一口气，给自己人整了一桌子热菜。

顾言默默吃着菜，仍旧有些回不过神。

大包厢里有电视机，这会儿正在直播某电视台的颁奖典礼。女星们争奇斗艳，穿着各式晚礼服走红地毯。

顾橙跟王雅莉凑在一块，讨论着女明星们的裙子和首饰。

“唐安娜！”

正吃着菜的顾言听到了一个熟悉的名字。他抬头一看，电视屏幕里的唐安娜穿一袭珍珠白的长裙，裙摆摇曳，风姿动人。而她左臂挽着的那个人是……

顾言心中一跳，听见边上的顾橙感慨道：“唐安娜的裙子好漂亮。”

王雅莉则回她一句：“别想了，人家跟我们是两个世界的人。”

电视上的唐安娜已经走完了红毯，摄像机镜头拍到她和男伴的一个背影。

顾言看了一阵，又低下头去吃菜。

屏幕内外，确实是两个世界。

等到这顿饭吃完的时候，餐厅里又来了一拨吃夜宵的客人。因为人手不足，顾言当然也得去帮忙。他匆匆走下楼梯，看见大厅里站了十来个人，当中那个女人虽然换下了曳地长裙，但那张脸孔依然明艳动人。

唐安娜？

顾言脚步一滞，最后两阶楼梯便踏空了。

“当心！”

顾言听见有人出声道。

他一抬头，就看见了那个人的脸。

顾言翻了个身，差点从沙发上摔下来。

幸好秦致远就在旁边，一把拽住了他的胳膊，道：“还好吧？早劝你别睡沙发了。”

顾言揉了揉酸痛的肩膀，想起他们昨晚吃过年夜饭后，直接在老房子住了下来。因为没有多余的房间，他只好在沙发上凑合了一晚。

他望一眼窗外，问：“天亮了？”

“嗯。”秦致远道，“早餐已经准备好了，去洗把脸就过来吃吧。”

顾言还记着昨晚那个梦，洗漱时特意看了看自己的右手。

……掌心里的伤痕仍在。

他轻轻舒一口气，走回客厅时，却被桌子上满满当当的早餐吓了一跳。

“这是干什么？”

吃个早餐而已，怎么还给他整了一桌满汉全席出来？

顾橙也是一脸无语，道：“今天的早餐，是秦大哥和二哥一起做的。”

他们两个？还一起？

顾言扭头看向秦致远。

秦致远轻咳一声，道：“你弟弟非要跟我比一下厨艺。”

顾凡抱着胳膊站在一旁，没有出声。

顾言又仔细看了看桌上的早餐，果然是泾渭分明。偏西式的那一半是顾凡做的，而中式那些则是秦致远的杰作。

“行吧，”顾言顶住压力，在餐桌边坐了下来，道：“既然已经做好了，那就开始吃吧。”

这一顿早饭，顾言和顾橙吃得颇为艰辛，必须时刻保持“雨露均沾”，若是稍有不慎，必将招来两位大厨的幽怨眼神。

吃完早饭后，时间还早得很，顾橙便提议道，“不如我们去看个电影吧？”

“一大早就去看？”

“当然，现在就流行大年初一看电影。”

顾橙边说边拿出手机，打开了买电影票的软件：“哎，有两部电影的口碑都不错，票房也追得很紧，我们去看哪一部？”

她话一说完就后悔了，因为秦致远跟顾凡已经报出了两个截然不同的名字，而且看他们这表情，就跟这两部电影的死忠粉似的，非要决个高低胜负出来。

又来？

顾橙悄悄把求救的目光投向顾言。

顾言只好再次出来救场，道：“要么……都不看了？”

都不看？那看什么？

看着电视屏幕上自己的脸孔，顾言有种作茧自缚的感觉。他也是万万没想到，都到了这个年纪，还会遇上这种尴尬的情况——全家人围坐在一起看他主演的电影。

这电影是去年刚上映的，顾橙和顾凡还没看过，因此看得特别投入。

顾言当然无心观影，他挨着秦致远坐着，低声讲述起了自己昨晚的梦境："……然后我一脚踩空，就听见了你的声音。可惜，梦到这里就结束了，也不知道后来怎么样了。"

秦致远眨了眨眼睛，说："我知道。"

"嗯？"顾言揉着自己的右手道："说来听听。"

秦致远却没说话，反而取出来一张名片来递给顾言。

顾言愣了一下，迟疑着接过名片。秦致远这才清了清嗓子，正色道："这位先生，你的外形条件不错，有没有兴趣来我们公司拍电影？"

"这不是星探干的活吗？"

秦致远说："偶尔客串一下。"

顾言乐不可支，几乎笑倒在沙发上，说："行，秦总都亲自招揽了，我肯定得考虑考虑。"

秦致远看着他道："这个发展怎么样？给我打个分吧。"

顾言认真想了想，说："八十分。"

秦致远有些不乐意："这么低？"

"这个分数是鼓励编剧的，毕竟编得再好……"顾言笑了一下，道，"那也比不上我们的故事。"

番外四

工作日早上七点，闹铃准时响了。

刚响过一声，秦致远就伸手按下了闹钟。不过他没有急着起床，而是将今日的工作安排简单过了一遍，这才缓缓起身。

洗漱过后，秦致远径直走进了厨房。

为了确保一周的早餐都不重样，秦致远手写了一张菜谱，根据菜谱，今天早上是吃煎饺。饺子是昨晚就包好的，猪肉春笋馅，放在冰箱里冻了一晚。猪肉肥而不腻，再加入剁碎的笋丁增加口感，做起来也简单，往平底锅里倒薄薄一层油，饺子挨个摆上去，滋滋滋煎至底面焦黄即可了。蘸料是最普通的玫瑰米醋，秦致远又抽空打了两杯橙汁，端着早餐走进客厅时，顾言已经坐在餐桌边了。

他身上还穿着睡衣，一连打了好几个哈欠。

秦致远就问："昨天不是拍到半夜吗？怎么今天又这么早开工？"

顾言嘟囔道："没办法，赶进度。"

说着，拿筷子夹起一只煎饺。

饺子正是热气腾腾的，只轻咬一口，便淌出来一股汤汁。

“馅里加了皮冻？”顾言赞道，“味道不错。”

秦致远嘴角微扬，问：“今晚什么时候收工？”

“不确定。”

“那晚餐？”

顾言想了想道：“到时候发信息给你。”

秦致远点点头，也拿起筷子来吃早餐。

吃完时刚好八点，他的司机想必已在楼下等着了。秦致远穿上外套，边往门外走边说：“我先去上班了。”

顾言嘴里刚塞进一只饺子，只能挥了挥手作别。

秦致远上午有个会要开，因此一坐进车子里，就打开笔记本电脑忙碌了起来。这个会议开了三个多小时，结束时已经是中午了。秦致远刚走回自己办公室，助理就来敲了敲门，问：“秦总，中午吃什么？”

“食堂套餐。”秦致远直接答道。

他的午休只有一个钟头，只能随便应付了。

助理应声而去，不一会儿提了两个饭盒回来。虽然是食堂套餐，不过也有三菜一汤，算得上是丰盛了。

秦致远打开饭盒，一边吃饭一边浏览网页。

他先是看了下今天的新闻，接着又登录了一个综合性论坛。该论坛有个娱乐版块，经常更新一些影视圈资讯，也有不少粉丝加入讨论，人气还是挺高的。

秦致远随便看了几眼，就被一个闲聊帖吸引了视线，这个帖子的标题是：“八卦一下，最近炒得火热的民国剧，剧中某花瓶男演员是带资进组的。”

民国剧？

秦致远点进去一看，主楼并没有什么实质性内容，但是跟楼的吃瓜群众纷纷做起了猜谜游戏。

“哪个民国剧？是F开头的那个剧吗？”

“不会吧，这剧的男女主不都是实力派演员吗？”

“说到花瓶演员的话，我记得男二好像是……（狗头表情）”

这么猜了几十层楼后，楼主再次现身，阴阳怪气地回了一句：“是咯，那个角色本来都定好人选了，又被硬生生挤掉咯。”

这句话一出，后面的回复顿时热闹起来。

“完了完了，男二这角色不会注水加戏吧？”

“又是资本毁剧？就不能好好拍个剧吗？”

“真的假的？就一个男二角色，需要带资进组？”

“那不是花瓶演员演不了男主嘛，只能对男二下手了。”

趁大伙讨论得热火朝天，又有一个三无小号上了一堆花瓶男演员的黑料，虽然没有指名道姓，但明眼人一看就知道是说谁了。

秦致远快速拉动鼠标，看得火直往上冒。

那个F开头的民国剧，当然是顾言正在拍的新剧了。至于那个男二的角色，当初他和经纪人都不建议顾言接的，实在是因为剧本够好，导演又觉得顾言的形象契合人物，这才拍板定下来的。所谓注水更是无稽之谈了，若真要加戏，直接改成双男主不是更方便？

秦致远抓过键盘，噼里啪啦就是一顿敲。他反驳的回复发出去之后，马上遭到了众人围攻。

“哟，工作室小号吧？”

“等级60，买来的账号？”

“急了急了，他急了。”

秦致远气得差点吐血。

他瞪视着电脑屏幕，手速飚到极致，跟那群吃瓜网友激情对线。不料刚打完一大段文字，点击发送之后，帖子却白屏了。再刷新，显示账号已被管理员锁定。

什么鬼？封号了？

他刚才那段长篇大论……没、保、存！

秦致远觉得一口血哽在了喉咙里。而他的助理已经推门而入，抱着一叠文件走过来道：“秦总，签名。”

秦致远瞥了眼时间，已经到上班的点了。他努力平复了一下呼吸，取过文件签名，刚落下第一个字，他又抬头看了看电脑屏幕，紧接着，目光转向助理。

助理眨巴了一下眼睛：“秦总？”

“小江，”秦致远沉吟了一下，问，“你有没有海角论坛的账号？”

“啊？”

“借我一用。”

顾言收工回家时，秦致远已经做好晚饭了。市场里新鲜买来的豌豆，剥壳后跟笋丁、香肠丁、火腿丁一起焖进饭里，煮出来的豌豆饭又软又糯，透着股甜甜的香气。配菜只做了两道，一道油焖春笋，一道番茄虾仁汤，都是十分下饭的。

顾言原本还不觉得饿，见了这几样菜，肚子倒真叫了起来。他一边动筷子一边说：“你这厨艺再进步下去，恐怕快要超过我了。”

秦致远眉眼间染了淡淡笑意，说：“那还差得很远。”

顾言对他再熟悉不过了，一见他这神情，就问：“今天心情不错？”

“还行。”

“工作很顺利？”

秦致远笑了笑说：“算是吧。”

虽然被封了好几个（借来的）小号，不过回击网友之后，确实神清气爽、情绪颇佳。

顾言今天拍戏也很顺利，跟秦致远唠了几句家常，不知不觉间，俩人把一锅豌豆饭都给吃完了。

顾言自觉吃得有点撑了，很有必要消一消食，便在沙发上躺了下来，顺便开了电视机。

秦致远照旧取出茶具，正要动手泡茶，突然听见顾言问了一句：“今天有什么有趣的新闻吗？”

秦致远的手一顿，迅速答道：“我也不太清楚。”

“你不是天天都会上网看新闻吗？”

“今天太忙了，”秦致远平静道，“没空。”

他说的可是大实话，今天确实还挺忙的。

泡好茶水后，他将茶杯递给顾言，起身道：“我想起还有个资料要查，先去一下书房。”

说罢，秦致远快步走进书房，打开书桌上的电脑，将自己登录某论坛的历史记录全部删除了。

公司里的电脑是没问题，可家里的电脑……万一哪天被顾言发现了呢？他在论坛上大杀四方的事，还是别让顾言知道比较好。

秦致远刚删完记录，就听见顾言敲了敲书房门，问：“查到资料了吗？”

秦致远关闭网页，回过身道：“好了。”

“这么快？”顾言盯着他看了一眼，问：“你今天是不是有事？”

“是。”秦致远抢先承认道，“我确实是在思考一件事。”

“什么事啊？”顾言走过去道，“需要瞒着我？”

“没有瞒你。”秦致远说，“再过不久就是你生日了，我是在想……你想要什么生日礼物？”

顾言“啊”了一声，而后笑着竖起一根手指，说：“不许作弊。”

“什么？”

“生日礼物，当然得送礼物的人自己想。”

秦致远失笑，问：“不能给点提示？”

“不能。”

“找外援呢？”

“也不能。”

温柔的春风拂过顾言的发梢。

秦致远就那样瞧着他，说：“行，那我自己……慢慢想。”

番外五

收工的时候已经是半夜了。顾言刚拍完一场打戏，揉着胳膊上了车，问助理小陈道："几点了？"

"言哥，"小陈说，"离十二点还差二十分钟。"

顾言靠在椅背上，说话时透着些鼻音，道："回家吧。"

司机含糊地"嗯"了一声。

就这么一声，让顾言立刻打起了精神，趁着等红灯的空档，他伸手撩走了司机戴着的帽子——

开车的人是秦致远。

秦致远回头笑了笑，对顾言的经纪人道："我就说瞒不过他。"

经纪人也笑，说："小顾，你害我输掉一个月工资。"

顾言双手抱着胳膊，问："秦总这是干什么？"

秦致远冲他眨了眨眼睛："礼尚往来。"

顾言怔了怔，这才想起，他以前也干过差不多的事。

这时，坐他身边的小陈突然道："到十二点了！"

车里顿时安静下来，只小陈的手机里响起了一首……呃，生日快乐歌。

顾言有点哭笑不得。

他今年又不是三岁半，过个生日而已，要不要这么浮夸？

生日歌唱完后，车子还在往前开，且明显不是回他家的路，顾言就问："各位准备劫持我去哪儿？"

秦致远言简意赅地答："生日礼物。"

小陈则从手机里翻出了一段视频，道："言哥你自己说的，最想要的生日礼物，是来一场说走就走的旅行。"

视频里是顾言前几周录的一个综艺节目，主持人确实问过他最想要什么生日礼物，他当时就觉得奇怪，怎么冒出这么个问题来？现在想来，必定是某人故意安排的。

顾言不太好意思说，自己完全是胡诌的。

他调整了一下表情，道："行，就算是说走就走的旅行吧，但是用得着老板亲自开车吗？"

"一个惊喜。"秦致远笑说，"算是……给优秀员工的奖励。"

顾言第二天是在度假酒店的套房里醒过来的。难得老板亲自批假，他当然要尽情享受假期了，一直睡到中午才起来，冲了个澡之后，只套一件简单的白衬衣就出门了。

秦致远一个上午都没露面，到这时总算是出现了，俩人在自助餐厅吃了午餐，接着就去了酒店的私人海滩。

骄阳似火。

这个季节的阳光最晒人了。顾言的经纪人和助理如临大敌，差些把他全副武装起来，就怕他被晒黑一点点。

最后还是秦致远一把夺过了遮阳伞，摆手道：“行了行了，我给小顾撑伞总行了吧？”

俩人这才能安静地在沙滩上走一走。

秦致远边走边说：“本来想找个特别点的地方，但时间实在仓促，最后只能来海边了。”

顾言从来不是挑剔的人，立刻说：“海边不错，我很喜欢。”

他顿了一下，道：“不过，我能问一下吗？那两个人是跟过来干吗的？”

说着，指了指一直缀在身后、随时准备扑上来给他补防晒霜的经纪人和助理。

秦致远想了一下，道：“跟拍？”

顾言差点笑倒。

走了一阵之后，他觉得有些累了，便在沙滩上坐了下来。

沙子柔软细白，海风徐徐吹来，将这一刻的时光衬得宁静又漫长，竟是十分惬意。

秦致远也坐在了顾言身边，依旧给他撑着伞。

顾言回头问他：“不累吗？”

秦致远正色道：“不能让你晒黑。”

接着又问：“这份生日礼物，你觉得怎么样？”

顾言认真考虑了一下，说：“我觉得吧……”

“嗯。”

“送得挺好的。”

“嗯。”

“下次别再送了。”

秦致远的脸不晒也黑了。

顾言哈哈大笑，笑够了才道：“开玩笑的。”

他不怎么喜欢说走就走的旅行，但是很喜欢这样悠闲自在的下午。

秦致远就这么挨着顾言坐着，看太阳一点点地落下去。

当夕阳将俩人的影子都拖得长长时，顾言终于伸了一个懒腰，说：“饿了。”

秦致远撑了一下午的伞，胳膊都酸了，这会儿总算能歇一口气，把顾言仔细瞧了瞧，说：“不错，没有晒黑。”

然后道：“去吃饭吧，我在餐厅订了位子。”

秦致远订的是酒店顶楼的西餐厅，格调很好，布局也开阔，俩人坐靠窗的位置，能欣赏到窗外海天一色的美景。

顾言本来有些担心，饭吃到一半的时候，会有服务生推一个大蛋糕出来。幸好秦致远还算低调，只在上甜品的时候，准备了一小块蛋糕。

顾言只尝一口，就觉出了味道上的差异：“不是这家餐厅的水准。”

秦致远道：“猜一下是谁做的？”

顾言禁不住笑起来：“这还用猜？难怪一个上午都没见到你。”

他伸手点了点秦致远头发上沾着的一点面粉。

秦致远目光如旧，望着他道：“生日快乐。”